名家经典散文丛书

恰到好处的生活

（法）儒勒·列那尔 著
王阿俊 译

江苏凤凰文艺出版社
JIANGSU PHOENIX LITERATURE AND ART PUBLISHING, LTD

图书在版编目（CIP）数据

恰到好处的生活 / (法) 儒勒 · 列那尔著 ; 王阿俊
译 . -- 南京 : 江苏凤凰文艺出版社 , 2018.4 （2024.2 重印）
（名家经典散文丛书）
ISBN 978-7-5594-0671-2

Ⅰ . ①恰… Ⅱ . ①儒… ②王… Ⅲ . ①散文集 – 法国
– 近代 Ⅳ . ① I565.64

中国版本图书馆 CIP 数据核字 (2017) 第 134038 号

书　　名	恰到好处的生活
著　　者	（法）儒勒 · 列那尔
译　　者	王阿俊
责任编辑	黄孝阳　王　青
出版发行	江苏凤凰文艺出版社
出版社地址	南京市中央路 165 号，邮编：210009
出版社网址	http://www.jswenyi.com
印　　刷	三河市双升印务有限公司
开　　本	880 × 1230 毫米　1/32
印　　张	11
字　　数	265 千字
版　　次	2018 年 4 月第 1 版　2024 年 2 月第 4 次
标准书号	ISBN　978-7-5594-0671-2
定　　价	69.80 元

（江苏凤凰文艺版图书凡印刷、装订错误可随时向承印厂调换）

目　录

自然纪事

胡萝卜须

自然纪事

月下休憩的当儿

一地的月亮清辉，他把猎枪搁在树杈上，之后便循着一段树根坐了下来。在如此静谧的夜晚，森林也沉入了清幽的梦境，唯有他还在细细聆听周遭的一响一动。在那有些凉意的清辉里，一棵棵树木仿佛成了有血有肉的躯体，以近乎永恒的姿态站立着。停下休憩的当儿，他的整个世界都悄然静了下来。在这偌大的静谧之中，仿佛不见了岁月的跌宕，倏忽间他觉得自己俨然成了一位饱经沧桑之后淡然处世的长者，恬淡祥和地审视着周遭的一切。

他望着月亮，莞尔一笑，月亮也对这个流连于林间迟迟不肯离去的人报以笑靥。好像突然想到什么似的，他从树杈上取下猎枪，放在近旁。紧接着，他的手指在空中轻轻地弹动着，像是在演奏一支曲子，一边弹一边不禁微微颔首，仿佛在为手指的上下起伏打着拍子。这个温柔的猎人，只是静静地坐在那里，看着林间的小兔子在月亮地里跳着小步舞曲。他的心头一片安然恬静，绝没有因错失猎取时机而有些许的悔恨之意。

形象的捕捉者

天际稍稍绽出一点熹微的晨光，他便一骨碌从床上爬起。循着往日的惯例，他必是要等到神志爽朗、心头清净、身子轻得仿若夏衣一般的时候才出门。他一点儿吃的东西都不带。

一路上，清新的空气迎面扑来，沁人心脾。清晨特有的雾气也氤氲着，裹挟着，他只消张开口鼻，畅快淋漓地呼吸这健康的气息。他把猎具留在家里，这次他只须睁开眼睛，静静地领略大自然赋予的万般景象——且把这双眼作网，所有形象便会前来自投罗网。

首先捕捉到的是乡间小径的形象。它夹在沉甸甸地结满了野梅与桑葚的两道篱笆之间，道上星星点点地嵌着骨头般光溜溜的石子以及那斑斑如破裂的血管似的车辙。

走过这条小径，紧接着映入眼帘的是一弯小河。它在每一处拐弯的地方起着白沫；在有杨柳爱抚的地方沉入甜美的梦乡，那样子颇似做着酣梦的婴儿。偶尔一尾鱼顽皮地翻转它的白肚，小河便像是有人扔进去一枚银光闪闪的钱币似的泛着波光。一下起毛毛细雨，它就又像起了成片的鸡皮疙瘩。

猎人继续一路嗅着大自然的气息，捕捉它色彩斑斓的景象。他的脑海里似乎有一架相机，成片起伏的麦浪，绿得诱人的四叶草，溪流绕过的一望无际的牧场，所有这一切都一一定格在他这架微型相机里。他走走停停，偶然间有一只云雀或金翅雀斜着掠过头顶上方的那角天空，他便迅速按下快门，撷取它们那份自在且欢愉的姿态。

牧场的尽头是一片密林。他不知道自己何时竟被赋予如此细腻的感觉。很快他便像是沉浸在气息的海洋里，任何微弱的声息在他听觉的雷达下都无所遁形。而且，他的血管好似树叶的叶脉一般，如果你在林间漫步时巧遇他，你也很难分清那个影影绰绰的一瞥是树呢，还是他呢。

不久，他心间颤栗，觉得有些不安。因着一下子被如此多的东西裹挟、冲击，身体内仿佛有什么东西发酵了似的，他开始慌乱起来，于是便急急地出了林子。稍远处，他看到砍柴工三三两两地往村子里赶，想必这一天又将结束了。

出了林子，他整个人便沐浴在夕阳的余晖里。那赶路的夕阳，在天地交接的地方，褪去她华丽耀眼的衣裳；在这夕阳的余晖里，晚霞似大团花簇般肆意狂乱地堆在天边，要作临别前的最后绚烂一舞。他凝视着这谢幕前的肆意与狂乱，不觉间眼睛看得有些发花。

最后，脑袋里的那个“相机”装得满满的，他怡然自得地回到家中。捻灭油灯，爬上床，白天的激荡感还未褪去，他将网罗到的那些形象一一拿出，细数良久。

白日里的那些形象，乖乖地呆在某个地方，只等着记忆的召唤。只消一声轻呼，它们便接踵而至，鱼贯而出。就在重拾记忆的当儿，还有一群群泛着磷光的新的形象加入，与白日看到的那些形象相映生辉，就像是白日里被驱逐而东分西散的成群山鹑，只在暮色降临、脱了险的时刻，才在田畔洼地里啼叫着，叫声此起彼伏，像是彼此呼应似的。

慢慢地，他眼睑微合，欣然入梦。即便是梦里也尽是白日里吐着白沫的小河、无垠的牧场，还有那青翠欲滴的四叶草……

母　鸡

一大清早,主人刚给她开门,她便并着双脚,从夜里憩息的鸡埘上跳了下来。

我亲爱的读者们,可别太期待哦!她就是只寻常母鸡,普普通通,中规中矩,更不会生什么金蛋。

被外头突然的亮光照得有些眼花,她一时晕眩,在庭院里趔趄了几步。

接着她摇摇晃晃地走到灰堆旁,她每天清晨都要在那儿扑腾上一番。

她把头埋进灰堆,在灰堆里打着滚儿,跟着耸着羽毛,只见她剧烈地扇动着翅膀,似乎想要抖掉夜里惹上的虱子哩!

随后,她像是渴了,便朝着浅口盘子那里走去。因为刚下过一场暴雨,盘子里贮满了水。

她喝的只是水。

她在浅口盘边上稳了稳身子,用力伸长脖子,一小口一小口地饮着水。

解了渴了,她便四下寻觅吃的。嫩草,小虫,还有散落的谷粒,这些都是她觅到的美味。

她东啄啄,西挠挠,庭院里的每一寸地儿都有她寻找过的痕迹。看她啄的这劲儿，俨然一副不知疲倦的样子。

时不时地，她会突然停下来，倾听着周遭的声响。

当她侧耳倾听的时候，头上绛红的峨冠，仿若革命者飘扬的旗帜。她挺直脖颈，一双小眼睛机灵地转来转去。她尖而长的嘴巴噘着，俨然一副盛气凌人的架势。仔细看吧，她还不时地歪着脑袋，轮流用这边的耳朵听听，再用那边的耳朵听听。

一番侦查后，好像没有什么新奇的事情发生，她便又重新觅食去了。

过了一会儿，像突然犯了痛风似的，她抬起僵直了的脚，接着又用力地张开脚趾，小心翼翼地重又将脚放回地上，轻得没有一丝声音。

这时的她看上去简直像在赤着脚走哩！

公　鸡

一

这家伙，人们从未听他打过鸣，也不曾见他在鸡埘里呆过一宿。这么悠长的岁月，他孑然一身，一个情人都不曾拥有过。

他的整个身子都是木头的，但肚子正中的地方，则孤零零地生着一只铁脚。他伫立在一座古老的教堂顶上，云卷云舒，风吹雨打，无人知晓他这样站了多少年日。而他夜夜栖息的这座教堂，如今像个迟暮的老人，老态尽露，青筋暴突，它再也听不到人们从附近村子里赶来做礼拜时忙乱交叠的步履声，还有熟人碰面时的寒暄问候声了。可就是这样一座教堂，即便是今天的石匠站在它的脚下，也不免自愧弗如，慨叹彼时工匠的巧夺天工。乍一看，这座教堂极像贮粮的谷仓，那屋顶的瓦楞笔直得跟牛脊梁骨似的。

这当儿，教堂低下去的那个方向来了一伙石匠。

木公鸡正饶有趣味地盯着他们看呢，忽地一阵风刮来，他只得悻悻地别过身去。

之后，每当起风的日子，他转过身来回头看时，都会发现多了一些新砌上去的石头，他眼前的视线被一点一点地遮去了。

还没多久呢,一天,他猛地抬头,突然发现一座钟楼砌成了,钟楼的尖顶上,多了只年轻的公鸡。他纳闷着:咦,他打哪儿冒出来的?早上还没在呢!这个新来的家伙,高耸着尾巴,嘴巴张得大大的,双翅还搁在腰眼上,看这架势,像是在打鸣哩!瞧,正午的日头下,他浑身新簇簇的,很是晃眼呢!

起初那会儿,两只公鸡还在斗,瞧谁转得快。可是很快,旧的那只公鸡便没了劲儿,落了下风。独脚下的屋梁眼见就要塌了,他也岌岌可危,僵直着身子,一点一点地向前倾,好像下一秒就要从屋顶上跌落下来似的。他吱吱嘎嘎地响了响,而后就再也没动了。

这时,来了几个木匠。

教堂的一角被虫子蛀了,朽了,木匠们推倒了它。木公鸡也被拆了下来,末了,哥儿几个扛着他向村子里走去。只要哪家给点东西,出点小钱,都可以摸他一下。有的人从自家筐里掏了个蛋,有的人拿出一个苏[1],而洛里奥特太太则拿出了一块银币,她可是村子里大庄园家的厨子,那出手,低门小户没得比哩!

得了钱,木匠们跑去酒馆,天知道喝了几杯之后,他们开始为抢那只木公鸡争得面红耳赤,无法定夺之下,最后只得决定把他烧掉。

他们先用干草跟木柴替他做了个鸡窝,生了火,将木公鸡扔了进去。

木公鸡哔哔剥剥地燃烧着,火焰冲天,他好像是上了天堂呢!

---

① 法文 sou,法国当时的货币。

站了这么些年，他是该好好歇息了。

二

公鸡每天清晨从鸡埘上跳下来的第一件事，就是去望望对手是否还在那儿——他还在！

地上已没有哪个可以与他抗衡，为此他很是炫耀，可是，独独这个对手，远在他够不着的地方，可是个不容易打败的主儿。

公鸡伸长脖子，不停地啼鸣，不断发出挑衅。好家伙，他想以自己的淫威吓退对手呢！可是，他的对手也是个傲慢的主儿，一动不动地，好像只有心情好的时候才应几声，很是不把他的挑衅放在眼里。

公鸡蓬松着羽毛，高傲地在院子里踱来踱去，还别说，他还真有炫耀的资本：他的羽毛，蓝色与银色错落有致地分布着，很是晃眼哩！可是他的对手，在一片苍穹之下，却发出更加耀眼的金色光芒。

公鸡把他的母鸡们全都叫了来，他带头走在前面，那架势，俨然出征的将士。看吧，小样！她们全都是属于他的，她们个个爱慕他，顺从他，敬畏他——可抬头一看，嗬，高空中的那个家伙，不知说了什么甜言蜜语，居然引得燕子们都对他倾心不已。

公鸡是个滥情的家伙，他处处留情，乱标爱的句点，为着那些微不足道的事，也会扯着嗓子高喊，发出尖锐的声音——可是，就在这当儿，他的对手，正迎娶着他的新娘。静谧的村子里，婚礼的钟声在天空中回荡，经久不息。

公鸡嫉妒得发了疯，他铆足了劲儿，似乎想来个最后决战。

他尾巴高耸着，像极了撩起的斗篷后幅，这架势，俨然是藏了一把利剑。鸡冠红红的，充了血。他躁动着，狂妄着，似乎要向天空中的所有公鸡发起挑战——可是他的对手，在暴风骤雨里也丝毫不露惧色，今天的柔风，可是小巫见大巫，仿佛他的玩物一般。这个时候，他的对手正戏着微风，别转身去。

一直到日落时分，公鸡还是窝着满肚子的火。

不早了，他的母鸡们一个个都回去了。一点一点暗下来的院子里，只有他独个儿留着，嗓子哑了，身子也乏了——可是他的对手，仍沉浸在夕阳温暖的余晖里，静谧地泛着光。教堂的晚钟响起，他也应和着，以清冽的声音唱着和平的晚祷。

鸭　子

一

母鸭两脚一拐一拐地，摇摇摆摆地在前头走着，她这是要到天天去的水洼子里洗泥水澡呢！

公鸭跟在后头，翅膀尖儿反剪在背上，也是一瘸一拐地，跟着母鸭朝水洼走去。

一路上，母鸭和公鸭默默地走着，不知道的人哪，还以为他们是去赶着参加一个神秘约会呢！

好容易才到了水洼边，母鸭便径直滑到了泥水里。这个水洼哦，漂满了羽毛、干鸟粪、葡萄叶儿还有稻草秆儿。母鸭刚滑到泥水里，几乎就不见了她的踪影。

不一会儿，她便在泥水里肆意地舒展着，尽情地扑打着，满怀期待地等着她的伙伴的加入。

这回轮到公鸭下水了。绚丽的彩色羽毛一下子没入水中，只有他的小脑袋和屁股上的卷毛还露在水面上。他们俩就这样徜徉着，慵懒地晒着太阳。洼里的水也被太阳晒得暖暖的。在他们的记忆里，这水洼好像从来没有干涸过，下雨的日子，水洼甚至满得溢出来，为这里带来一些新鲜的水源。

公鸭用他那扁扁的嘴，轻轻地挠着母鸭的颈儿，跟着，把她的脖颈扣得紧紧的。他们连连在泥水里扑腾了几下，可水稠腻得竟然连涟漪都没起。很快，一切便又静了下来，黑绿绿的水面映出晴空的一角。

母鸭和公鸭都不再动了，他们慵懒地让太阳烘着，昏昏地沉入暖洋洋的梦境。这两个家伙，就这样静静地躺着，人打旁边走过恐怕都不会留意到呢，只有偶尔冒上来的几个泡泡破开，才告诉人家他们在那儿偷得半日闲哩！

二

折腾了一天，身子也乏了，他们卧在门口，呼呼睡去，活脱脱像谁家太太探望生病的邻居，临进屋前脱在门口的那双木屐。

火 鸡

一

她在院子中趾高气扬地走来走去，就像是过着帝王的日子一般。

院里别的家禽呢，除了睡觉之外，只管东啄啄西挠挠地觅着吃食。这家伙可不同，她吃食儿还有固定的时间点。其他的时候，就一个劲地为自己的仪态操心，生怕自己有失庄重。她的羽毛，仿佛是上了浆的宫廷贵妇的百褶裙似的，干净又笔直。而且走路的时候，还用翼尖在地上划着痕，仿佛是要把自己走的路线给划下来似的。地上留下的这条道儿像是要告诉人家：这是我中意的道儿，谁也甭和我抢！

食道整日里都是鼓鼓的，碍着了眼，所以她还从来不曾瞧见过自己的脚哩！

她还有十分自大的毛病，所以当我走近这家伙时，她还以为我是前来向她致敬的！

看哪，她早已经按捺不住心里的得意，咕噜咕噜地叫开了。

“啊，高贵的火鸡，”我对她说，“您要是一只鹅该多好，那么，我将借用您的一根羽毛，一如布封[1]那样，来写对您的赞词。可是您不过是一只火鸡啊，小里小气，又呆头呆脑的……”

想来一定是我的言辞刺痛了她吧。瞧，血一股脑儿地涌到她头顶，嘴下也堆着愤怒的褶。她气呼呼地，“啪”地一声把扑棱开的尾扇一合，这个臭娘们一个转身把屁股朝向着我。

二

那天，我从火鸡寄宿学校路过。

每天，无论天气怎样，她们照例都要散一会儿步的。

日头大大的，她们也不怕，因为火鸡出门没听说有不带她们那彩色的遮阳帽的；就是下雨的日子，她们也不肯无趣地窝在屋里，循着往日的惯例，还是要出门走一遭的。这时候她们会小心翼翼地撩起裙裾，不给粘上一丁点的泥泞，那驾轻就熟的样子，比贵太太还像样哩。

① 布封(1707—1788)，十八世纪法国博物学家、作家，40年笔耕不辍，撰写出36册的巨著《自然史》。

珍珠鸡

她是我们院子里的驼子。因为驼背，她像因青春痘而自卑的少女一样，敏感多疑，自怨自艾。

母鸡们可什么也没说，她却蓦地扑过去挑事。

接着，瞧，她垂着脑袋，俯着身子，对准火鸡开着的屏扇，瘦削的两腿像箭一般地冲过去。

这个装腔作势的婆娘可把她给惹火了。

就这样，脑门青紫，须发高耸，她仿佛好战的武士似的，从早到晚“呲呲”地冒着火气。而且还无缘无故地寻衅滋事，可能是因为她觉得别人都在嘲弄她的身材、她的秃顶，还有她那耷拉着的尾巴。

听哪，她那刺耳的尖叫，仿佛利剑划破长空一般的鸣响。

有时，她会跑出院子，消失得无影无踪。只有这时候，院子里的家禽才得以有片刻的安宁。可是，溜了一圈回来之后，她变得比之前更好斗、更挑衅了。

而且，还疯疯癫癫地满地打着滚儿。

这婆娘究竟抽哪门子风呢？

看吧，这个阴险狡诈的家伙是跟我们演戏哩！

是在企图掩盖她刚刚跑到野地里下蛋的事实!

说不准哪天我兴致上来了,就去野地里寻那只蛋呢!

她的滑稽剧还在上演,瞧,她像驼子似的在尘土里翻着滚儿。

鹅

蒂恩内特是个乡下姑娘，她跟所有的乡下姑娘一样，梦想着有一天能去巴黎。可是，这个傻姑娘啊，她连会不会赶鹅都难讲呢。

说真的，与其说是这姑娘在赶鹅，倒不如说是她跟在鹅群后头晃荡哩。

瞧，她散漫地走在鹅群后头，一上一下地打着毛线针，把整个鹅群都托付给那只大孩子般乖巧懂事的图卢兹鹅[1]。

图卢兹鹅认得路，知道带领鹅群到哪儿能吃到鲜嫩的青草，而且还知道什么时候该回家。

她挡在前面，对付恶狗，保护他的姐妹们免遭伤害。这勇敢的劲头，就连那些公鹅也自愧不如，望尘莫及呢！她的脖颈颤抖着，紧贴着地面，仿佛蛇一般地扭动着，还发出嘶嘶的声响，跟着蓦地竖了起来。这情景可把蒂恩内特吓得够呛。等到恶狗跑开，图卢兹鹅见没事了，便得意洋洋地用鼻子哼起歌来：瞧，多亏了我才没出事儿，不然啊，指不定会出什么乱子呢！

可是，她不想一辈子待在这个地方，她坚信着，比这更具挑战性的事情他也能应付过来。

---

① 图卢兹鹅，原产于法国西南部图卢兹镇，头大、喙尖、颈粗短、体宽而深，咽袋与腹袋发达，羽色灰褐色，腹部红色。

于是，一天傍晚，她头也不回地离开了村子。嘴里喝着凉风，羽毛紧蹙着，昂首挺胸地踏上了离乡的征程。庄稼婆见到她，慌乱地躲个不及，都没有胆量把她拦下。因为她走得那样快，不禁让人有些发怵。

就这样，蒂恩内特被撇在了路上，她怔怔地望着图卢兹鹅渐行渐远的身影，和鹅群一样，被方才的情景骇住了。就在她发愣的当儿，图卢兹鹅来到了巴黎，这个蒂恩内特魂牵梦萦的城市。

鸽 子

他们在屋顶上隐隐地打着鼓。

或是从树荫处飞出，在碧空下翻着筋斗，斜着骤然插进阳光，再回到那阴凉地儿也好；

或是倏忽间掠过一束阳光，那颈儿，仿若佩戴在胸前的猫眼宝石似的，跟着忽明忽暗；

或是薄暮时分，橡树林深处，他们紧挨着打酣，远远地瞧去，像是橡树梢头结满了沉甸甸的彩色果实，眼看枝头就要不堪重负给折断了似的也好；

或是那边枝头的两个突然间热烈聊将起来，不住地打着暗语，接着，像给缠住了似的抽搐着也好；

或是流浪的游子，从异乡的天空，为心爱的人儿，捎回一片树叶。那份恨归的心情，跟所有羁绊远方的游子一样：恨生而不是和平鸽，没有他们敏捷的身姿，也不比他们飞越千山万水的体魄！（啊，这是多么美妙的爱的诠释啊！）

可是，就是这样的他们，起初倒还让人觉得有趣，末了，只是让人生出些厌烦来。

他们从来不能安安静静地呆上一小会儿。就是出远门，也是怎么个样子去，怎么个样子回，一点儿精明的样子也没有。

他们就这样糊里糊涂地过着一辈子,甚至还有些傻气,满以为亲吻就能生下孩子。

而且,他们老是像有什么东西哽在喉咙里,吞也不是,咽也不是,这大概是祖祖辈辈传下来的老毛病,久了,就不免使人生出些厌倦。

孔　雀

今天,他的婚礼总该举行了吧。

本来,昨天该是迎亲的日子。他穿上了最帅气的礼服,整好了衣角,一切都已准备就绪,只须静静地等待着他的新娘了。可是她却没有来。没关系的,他自说自话,昨儿怕是临时耽搁了,今天她一定会来的,然后在众人的祝福里嫁给他,成为他最美的新娘。

今天他重又换上最美的华服,英姿绰约地在那儿踱着,好像一位带着丰盛礼物的印度王子,在等着他的娇娘。爱情让他那绚烂的衣裳,平添了几分耀眼的光芒;激动也使他头上的璎珞,颤动得如同竖琴的丝弦一样。

新娘还是没来。

他爬上屋顶,迎着太阳,眺望远方,夕阳下迸发出恶魔似的叫声:"莉亚! 莉亚!"

就这样,他呼唤着他的新娘。可是,不见人来,也没有人回应。牧场里的家禽对这喊叫都习以为常了,也不见有谁抬头看上一眼。搁在以前,他们至少会赞美一下他的声音,可如今他们厌倦了赞美,也懒得去奉承了。他下了屋顶,重又跑到牧场里去了。自信如他:那么深信着自己的美丽,即使别人冷漠以对,也丝毫不存有半点的怨恨。

婚礼大概推迟到明天举行吧！

接着，他不知道如何消磨余下来的那段时光，只好茫然地往石阶那边走去。那样子，仿佛神殿的主祭似的，迈着庄严的步伐，一级一级，拾级而上。

他撩起他的裙裾，惹来无数艳羡的目光，仿佛这裙裾也承载了些目光的重量。

就这样，他又一个人将婚礼的仪式作了一次彩排，只是缺了新娘。

天　鹅

他在湖面上滑行着，仿佛雪白的雪橇似的在云影间悠悠地溜达着。望着棉花糖般的云彩在湖面上浮现、荡开，直至消逝，他多想撷取其中的一朵啊！他把嘴照准了一朵，雪白的颈子骤然插入水中。

跟着，他又将颈儿抽了出来，好像女人的手臂从袖子里褪出来一般。

可是，他什么也没捞到。

他凝视着，瞅着漂浮在湖面上的朵朵白云，看着它们一圈一圈地漾开，感到惊惶不已。

好在失落的心绪很快便化为乌有，因为白云重又回来了呢！瞧！就在那儿，涟漪渐渐消去的地方，一朵新的云影又在形成哩！

这时，他坐着他那轻飘飘的羽毛垫，悄悄地往那只云影划去。

这个一根筋的家伙，为着捞这虚幻的影儿，弄得一身的狼狈，还可能赔上小命哩！

哎呀呀，你瞧我在胡说什么呢！

原来这家伙每当脖子插入水里的时候，嘴巴都要在湖底营养丰富的淤泥里翻找一番，而且每回都能衔到一条美味的鱼呢！

他身宽了，体重了，越来越像鹅了。

狗

这样的天气，我们可不能把阿尖关在外面。屋外刺骨的寒风呼啸着、嘶喊着，嗖嗖地直往门底灌，冻得阿尖也从门口的垫子上起身往里跑，想寻得一个温暖的地儿呢。他径直朝我们凑过来，可爱的小鼻子在椅脚间钻来钻去，他这是想挤进我们中间哩！可是我们几个人围着炉火，肘挨着肘，身子挤得紧紧的，好像没什么他落脚的地儿了。我朝他头拍了一下，爸爸用脚拨开他，妈妈也大声地呵斥着，妹妹还用空酒杯敲了一下他的头。

阿尖打了个喷嚏，转身跑去厨房，想看看我们是不是在里头。

接着，他又从厨房跑回来了。也不顾我们紧密促在一块儿的膝头，硬是要挤进我们这一圈里，末了，他终于挺到了壁炉的一角。

他在原地转了好一会儿，接着就把尾巴卷成圈儿，捡了个火钳旁边的地儿坐了下来，耷拉着耳朵，动也不动一下。他可怜巴巴地望着主人们，那眼神里写满了柔和与谦卑，竟叫我们有些不忍心，心一下子软了下来，便也就由他去了。可是，火钳刚用来挑火来着，这会儿通红通红的，还四处迸着火花呢，阿尖的屁股快要烧焦啦！

都这样了，阿尖还是赖在那儿，一动不动的。啧，这家伙！

“嘿，傻瓜，快跑啊！要烧焦啦！”

可是，他还是死守着那个地儿，一步也不肯挪。那些流浪的野狗们在凛冽的寒风里瑟瑟发抖、牙齿打颤时，而阿尖却暖暖和和地躺在屋子里，犹如烤箱里的土司一般，毛烧焦了，屁股也烫了。他张着嘴，一排黄牙，没有嗥叫，慢慢地挤出了一个微笑——可眼里早已贮满了泪水。

两只狗

我和格劳瑞爱特[①]在这边坐着聊天，不经意间一抬头，便瞧见运河对岸有两只狗做着欢娱之事。不知为什么，落在人们眼里，总觉得这个景象有些怪异，甚至让人觉得不舒服，像是看了不洁的东西，侮辱了眼睛。他们彼此交缠着，旁若无人，丝毫没有分开的打算。就在这当儿，古尔索勒沿着河岸，从远处懒懒地走来。他赶着羊群，肩上扛着一截大树枝，想是拾来做过冬的柴火。

瞧见其中的一只是自家的狗时，他脸上立即换了表情。一面攫住他家狗的项圈，一面不慌不忙地把肩上的大树枝向着另一只砸去。

可是，这两个可怜的家伙，那么地相爱，怎么舍得分开！这时，羊群也来添堵，在古尔索勒身边绕来绕去，弄得他更加心烦意乱，他变得暴躁了，下手越发重了。那只外家狗声嘶力竭地嗥叫着，可一时与她的伴儿却怎么都分不开。粗重的树枝一下又一下地落在她的脊背上，发出沉闷的“砰砰”声，让路过的人不免心惊胆战。

---

① 格劳瑞爱特(Gloriette)，作者妻子在本书里的化名。

格劳瑞爱特脸色变得惨白。“哦，可怜的家伙！”她喊道，声音里几乎是带着哭腔的。

“像这样的情形，在这个地方可是司空见惯了的，”我说道，“古尔索勒没把他们俩扔到河里，我还纳闷了下呢。照理说，扔到河里这种方法效果快多了。”

“真是个残忍的家伙！”格劳瑞爱特咒骂着。

“这你可冤枉他了，那可是古尔索勒啊！他可是个正直、恬淡、心无邪念的小伙子，这是大家公认的呢！”

这会儿，格劳瑞爱特硬憋着没叫出声来。我对这类情形的厌恶不下于她，只是我已经习惯了。习惯真是可怕的东西。

“你让他停啊！别再打啦！”格劳瑞爱特跳着脚喊道。

“离得太远了，他可能听不到。”

“那么，你就向他打手势啊！总得做点什么吧！”

“即使他看到了我的手势，知道我在劝他别打了，可是我想他可能也只是镇定地回一句，‘谁家的狗这个样子能不管啊？’”

格劳瑞爱特这会儿脸色变得和纸片一样白，她还在瞪大着眼睛望着这幕惨剧，嘴巴张得大大的。对岸，古尔索勒仍在一棍子一棍子地抽着那个可怜的家伙。

“真的看不下去了。”突然，格劳瑞爱特像是被巨大的愧疚裹挟着，梗在那儿，顿了顿后说道，“要不我先走，然后你去对岸告诉那个可怕的人，他有多残忍、多暴虐！”

我正准备回答，内容也可能是“我没权评判他的行为啊，因为我又不是这儿的镇长……”之类的。这时候，只见古尔索勒朝着这俩家伙猛地一击，终于将他俩分开了。那一击，像是要了他俩的命似的。两只狗既已分开,古尔索勒便赶着羊群朝村子里走去。这两个可怜的家伙,并排躺了好一会儿,眼神无限哀伤地互望着,像是在向他们共同拥有的美好回忆挥手作别。

德德矢死了

德德矢是我女儿养的格里芬犬，它体态娇盈，好似小绒球一般，我们家人别提有多喜欢它了！

他那随遇而安的性情，也不知是从哪儿学来的，好像随时随地都能蜷缩成一团，眯着眼睛，打着酣。有一次，他竟然跳到餐桌上，呼呼大睡，瞧他当时的样儿，分明像是在舒舒服服的窝里美美地做着好梦呢！

开始的时候，他很喜欢轻轻地舔人的脸，渐渐地，仿佛觉察出人们对他的这种亲昵举动生出些厌烦来，也就改用爪子轻轻地抚摸着我们的脸颊。每每这个时候，我们只须轻轻地闭上眼睛便好了。

他还会笑哩！我们之前一直以为他是在打喷嚏，原来他是在笑！

他自己好像没什么可伤心的事，但有时也是会哭的。他的哭，也就是低沉的一点喉音，眼角的一滴清泪罢了。

他有时也会迷路，但每次都能找到回家的路。看着他平安归来，我们欢呼之余不禁对他生出些钦佩来。

唯一遗憾的是，他不能开口说话。为此女儿常常无限感慨地对他说道：“小家伙啊，你要是能张口说话那该多好啊！”

这时候，他总是直瞪瞪地望着她，身体里像憋着什么东西似的抽搐着，眼神里写满了与小主人同样的讶异。虽不能说话，可他却能用尾巴打着哑语。他动了动嘴，不是吠叫，因为此刻没陌生人经过。他好像能揣摩小主人的心思，知道她要的不只是他会叫唤，她要的是他能说话呀！可是他满腹的话，几乎都溢到嘴边了，却怎么也喊不出来。末了，他转念一想：是不是等我再长大一点，就能跟她说话了呢？

后来，他出事了。那天没有月亮，小家伙沿着小道去找他的朋友，突然不知从哪儿窜出来一只大狼狗，上去就咬住这个柔弱的小绒球，残忍地蹂躏了好一会儿，接着重重地把他掷在地上，而后逃之夭夭了。

这个残忍的畜生！到底是哪个偷猎人的野狗，伤害了这么个可爱的家伙！可怜的女儿啊，如果让她看到那个罪魁祸首，一定会咬断他的喉咙，然后狠狠地摔在地上，让他在灰尘里窒息而死！

几天之后，被那野狗的毒牙咬伤的地方虽然开始愈合，可小家伙的背还是弓着，腿也颤栗着，哆哆嗦嗦的，眼睛里满是痛苦的哀求。

从那之后，他开始大小便失禁。在室外还好，虽说他像未拧紧的水龙头一样，到处撒尿，可毕竟不用我们收拾啊。问题是他即便是到了室内，也控制不住地到处小便，真是让我们头疼不已。你才一转身，他就对着椅子腿或柜子腿撒起尿来，接着就听到女儿大声地喊着那重复了不知多少遍的话："快啊！快拿海绵、水还有硫磺来！"

我们气得牙痒痒的，厉声吼他，扬起手或操起物什作威胁状，可都不起什么作用。他拿他那清澈无辜的眼神望着我们,好像在说:“主人,我知道不该在家随地小便的,可是怎么办呢,我就是控制不住啊。”

病了之后的他,还是和之前一样,那么温顺体贴、柔情款款。只是有时候他把脊背高高地拱起,恍忽间又像是那只猎狗獠牙下拼死挣扎的小家伙,那样的无助、绝望。

后来,他周身发出怪味,就是屋里最落寞寡言的人,也忍无可忍地骂骂咧咧起来。

甚至到最后,女儿也是一副吃了秤砣铁了心的样子。

德德矢必须要走了。

步骤很简单,只须将氰化钾和酒石酸两种粉末混合,倒入肉片切口处,然后用细线将切口缝合。先丢一个无毒肉圆,然后再丢这个。在肠胃消化吸收过程中,这两种粉末就会发生化学反应,生成氢氰酸(或美其名曰普鲁士酸)。就这样,他的生命就……

是谁把肉圆丢给他的?是谁实施了这可怕的判决?那天的情景,好像是脚不着地的梦境一般,我多么的不愿记起!

德德矢卧在小筐做成的窝里,静静地等着,眼里满是哀伤。一墙之外的我们,个个神色疲惫,颓然地耷拉在椅子里,没人说话,只是静静地候着,警觉着隔壁的任何响动。

一刻钟过去了,半小时过去了,时间就这样静静地从身边淌过。终于有人说话了,声音很轻:“要不我去看看吧?”

“再过五分钟吧。”

耳朵嗡嗡地响着,我仿佛听到了远远的地方一只狗的嗥叫声——是那猎人的狗！难道只有我一人听到了么？难道这只是我的幻听么？

后来我们里面最勇敢的那个出去了，不一会便回来了，他用一种异乎寻常的腔调说道："他死了！"

女儿跑到房间的床上，絮絮地抽泣着。她每次哭鼻子都是这样，就像是有人本来只是想笑来着，一出声却变成歇斯底里的狂笑。

她把脸深埋在枕头里，一遍遍重复着同样的话："不要！我今天早上就是不要喝巧克力茶！"

接着话茬儿，妻子就开始数落她，这么大的姑娘还这样任性，以后怎么找丈夫。女儿却不以为意，咕哝着说她一辈子都不要嫁。

其他的人也都强忍着眼泪，因为怕一滴泪珠惹出来另一滴泪珠，到最后大家哭成一团，这可怎么是好。

他们都来安慰女儿，与其说是安慰她，不如说是安慰自己："不要傻啦，又不是什么大事！"

这怎么不是大事呢？这可是一条生命啊！那么漫长且未知的路还没涉足他就陨灭了，就被我们扼杀了！

羞愧心使然，我们都枯坐着。为了不让彼此看出为着这个小生命的陨落自己内心深处隐秘的悲伤，我们便有一搭没一搭地讲述着那些逝去的人，那些正在逝去的事，以及那些神秘的、难以捉摸的存在（那是一种黑暗又冰冷的存在）。

动手的那个人自言自语道："我背叛了他，害死了他。"

他静静地站起身，鼓起所剩无几的勇气，走到隔壁房间，去看看那个他亲手害死的小家伙。

后来，我们才知道，那天他在德德矢仍有些温热的小小额头上亲了好久。

“他走时眼睛是睁着的么？”

“嗯，可是瞳孔已涣散了，想是已经看不见东西了。”

“那他走的时候是不是很平静？有没有很痛苦？”

“我想应该很平静。”

“那他有没有挣扎？”

“他只是将爪儿朝筐沿伸去，像是在最后一次向我们伸出他那小手。”

猫

一

我的猫不吃老鼠,他天生就不喜欢鼠肉的味道。

逮他们也不过是拿他们来玩玩罢了,等到玩腻了,便饶了他们,然后寻个别的地儿,坐在尾巴盘成的圈里,心无旁骛地沉入美美的梦乡。瞧他那头颅,俨然一个捏紧的拳头哩!

可是,因为爪上的毒,老鼠最终还是死掉了。

二

人们告诫他:“嘿,去抓老鼠,不要抓鸟啊!”可是,老鼠和鸟,怎么区分呢?怕是世上最精明的那只猫有时也会弄错哩!

“水虻”

牧场的中间，孤零零地立着一棵橡树。牛儿们慵懒地躲着太阳，把树下的绿荫占了个精光。

他们垂着脑袋，牛角戳向天空。

要是没有虻，他们这样呆着，该有多惬意啊！

可是今天，那虻可真馋啊！他们成千上万地集结着，垂涎着眼前的美味。那些黑色的虻像一层煤似的粘在牛儿们的眼睛、鼻孔周围，胆儿大的甚至还落到他们嘴边。苍色的虻，则特别喜欢趴在新擦伤的创口上，吮吸着汩汩鲜血。

这当儿，不知是哪头牛抖了抖他的尾巴，蹄子在干地上跺了跺，虻云便嗡嗡地动起来，像是在发酵一般。

今儿的天气，闷热得让人觉得喘息都很困难。村里的老妇人倚着门边，仿佛嗅到了空气中暴风雨的味道，对来往的人们半开玩笑说道；“当心雷劈啊！”

那边，一道火舌般的亮光骤然划过天际，无声地将灰色的苍穹劈作两半。一滴雨落了下来。

牛儿们宛如从梦中惊醒似的，抬了抬头。他们慢慢地从橡树下走出来，静静地喘着气。

因为他们知道，好的“水虻”就要来轰赶坏的虻啦！

起初，雨疏疏落落的，一滴又一滴，后来愈来愈密、愈来愈急，铺天盖地地从雷电划破的天空倒落下来；碍于这般强势，敌人逐渐退缩，越来越少，最后四散不见了。

很快，“水虻”大获全胜。牛儿们在漫天的风雨里志得意满地扭动着。瞧，他们那短扁上翘的鼻子，还有平日里老甩来甩去的尾巴都淌着雨珠呢！

母　牛

一

找啊找啊，大家搜肠刮肚、绞尽脑汁也没能给她起个好听的名字。因此还是就叫她最初的名儿——“奶牛”吧。这个名字最适合她不过啦！

再说了，起个什么名儿有什么要紧的，只要吃的东西还在那儿就行了。

不管是青草还是干草，是蔬菜还是谷物，以至面包食盐，她都胡乱吃着。什么也不拘，给多少吃多少，而且还要倒嚼一回，因为她这是在反刍哩！

一瞧见我，她便踢踏着细碎的步子朝我奔过来。瞧哩，脚上穿着裂着缝儿的木屐，可她的步伐还挺轻快哩！腿上的皮也拉得紧绷绷的，像是穿了一双乳白色的束腿袜呢！她是认定我给她带来了什么好吃的才奔过来的呢。每次这样望着她，都很想说几句夸她的话，可一时竟不知该说些什么，最后只是淡淡的一句：“喏，给你吃！”

可是，她吃下的是草，产下的却是奶，绝不是哪儿徒增的几斤肥肉。

到了一定的时间，她的乳房便撑得满满的，像是灌满了风的风袋一样。从没见她小气巴拉的，将乳汁藏着掖着，这样小气的牛可有的是哩。你只消轻轻地一挤，她那温软弹性的四只奶头便好似喷泉一般，把草化成的奶放个精光。每每这个时候，她只是静静地任由你做事，脚也不挪半步，尾巴也不动一下。只是用她那大而软的舌头，乐呵呵地舔着女仆的脊背。

虽说是独居，但她满心盘算着的都是吃的，哪还顾得着无聊啊。只是有时候隐隐想起自己刚生下不久的牛犊，还是会悲从中来，懊丧地叫唤几声，可这并不是常有的事儿。不过，要是有人来探望，她可高兴着呢！客人还在老远的地方，她就开始奋力地朝前探着身子，头上的犄角高耸着，嘴边还挂着一串口水与几根嚼剩的草茎。

那些天不怕地不怕的庄稼汉子，走上前去摸摸她那涨得眼见就要溢出奶来的肚子。一旁的女人们，则不禁纳闷，这么大的一只牲口竟会如此温柔，因此也就没了提防，只是笑吟吟地避着，不让她舔到自己的脸颊。看样子，今年一定能有个好收成！

二

她喜欢我在她的犄角间挠来挠去。我稍稍往后退了退，因为她正高兴地朝我靠过来呢。这个温驯的家伙，就这样任由我挠着，最后，一个趔趄竟一脚踩到自己的粪便里！

阿褐的死

菲里普走过来把我叫醒，说他夜里起身去看过她，呼吸还算平稳。

可是，早上开始，她的样子又让他不安起来。

给她添的草料，她动都没动。

于是，菲里普又给她添了点鲜嫩的青草。平日里阿褐可是最喜这些青草的，但今儿却几乎碰都不碰一下。她也不照顾她的小牛。小牛想吃奶，僵硬着腿站了起来。阿褐架不住小牛鼻尖的顶撞，好几次都颤悠悠的，几乎要倒下去。

这样子可不行！菲里普便想法子把他们母子分开，于是他把小牛抱到离他母亲远远的地方。孩子就这样被抱走了，但阿褐仍旧无动于衷。

因为阿褐的事情，菲里普整日蹙着眉头。大家也跟着担心起来，就连孩子们也吵着闹着要去看看阿褐。

不一会儿，兽医来了。他粗粗地诊断了一下，说是把她从牛房里牵出来。经过门口的时候，阿褐撞在了墙上，还在门槛上绊了一下，差点倒在地上。于是我们只好又把她牵了回去。

“她病得可不轻啊。”兽医神色凝重地说。

我们这一行人竟没一人敢问她到底生了什么病。

于是兽医告诉我们，阿褐患的十之八九是产褥热，这可是个会要命的病，尤其是奶水足的奶牛最容易感染上。不过，他说自己之前看过几个患产褥热的奶牛，经他医治都康复了。只见他拿个小刷子，从玻璃瓶里蘸些药水，往阿褐的腰间搽了一遍。

“这支药水有着起泡剂的功效，”他接着说，“具体是用什么配成的，我也不知道。这可是我从巴黎进的货。只要脑子还没感染到，给她搽了这药之后就会自己慢慢好起来的。要是还没起色的话，我只能试试冷水疗法了。以前也遇到过这种情况，那些山野村夫们一听冷水疗法，都视之为洪水猛兽，不肯尝试。不过我知道您是有学问的，应该稍稍懂得一些。”

“先生请便吧，按您的意思来。”

阿褐躺在稻草上，精神十分萎靡，但还能勉强抬起头。她不再嚼着嘴巴，而是屏住呼吸，像是要弄清楚自己到底是怎么了。

我们拿羊绒毡子把她裹得严严实实的，因为她的犄角还有耳朵好像都在慢慢变冷。

“只要耳朵不耷拉下来，”菲里普说道，“还是有希望的。”

她两次挣扎着站起来，都是徒然。只听她呼吸声越来越重，一次较一次拉长了。

终于，只听钝重的一声，她的脑袋还是支撑不住地倒向了左肋。

“这可怎么是好？”菲里普蹲在地上，喃喃自语道。眼里满是怜惜。

她铆足了劲儿重又抬起头来，旋即又落在了食槽边上。这一磕是那么的重，我们不禁为那钝钝的声响齐声“啊”了一下。

于是，我们在她周围垫了厚厚的稻草，这样她就不会把自己给磕到了。

她躺在那里，脖子和腿伸展着，身子拉得长长的，一如暴风雨的牧场上那伸展的姿势，可是缺了那份恣意与狂放的喜悦。如今的她，奄奄一息，与死亡渐行渐近。

兽医最后决定给她放血，可他不敢挨近阿褐。论本领的话，他和村上另一位兽医不相上下，可听人说胆量稍逊了点。

他站得稍远，打算用一个小木槌将刺血针插入阿褐的血管里。起初的那几槌敲下时，刺血针在血管上滑了开来。等到他拿捏准再来一槌之后，血便汩汩地涌向锡桶中。这只桶，平日里可是装着满到边沿的乳汁！

放完了血后，为了防止血继续往外喷射，医生将一枚钢针插入血管。

随后，阿褐全身稍稍松弛了下来。接着我们拿了一条用井水打湿的布片将她从头至尾巴尖给掩起来，而且还要不断地将布片重新浸湿，因为她刚盖一会儿就变得热腾腾的了。这当儿，阿褐连哆嗦都没打一下。菲里普用力地扳住两只犄角，不让她的头再垂到她的左肋上。

阿褐渐渐乖了下来，不再乱动了。可我们也不知道她病情是变好了，还是变得糟了。

空气的每个罅隙都爬满了哀伤，可菲里普的悲伤，更像是一头牲畜眼睁睁地看着自己的同类受苦却无能为力的一种悲哀。

他的妻子给他端来了早餐的汤。他坐在凳子上，只是一口一口机械地送着，什么味道他竟都不知道。末了，还剩下大半没能喝下。

“这下怕完了，”他说，“阿褐胀起来了！”

起初我们还不信，渐渐地，大家觉得菲里普说的确实是实话。我们眼见着她的身子胀了起来，却不见任何消下去的迹象。就像是空气进去了，再难出来一样。

菲里普的妻子问道：“她死了么？”

“你看不出来吗？”菲里普没好气地回了一句。

于是他的妻子转过身往院子里走去。

“稍给我点时间，我给您弄个新的来。”菲里普对我说道。

“一个什么？”我问道。

“当然是一个新的阿褐啊！”

“我说什么时候找，你再去找！”我用一种自己都惊到的主人口吻对他说道。

阿褐的死，我们个个心中难过，可却竭力说服自己我们此刻的感情是生气，不是难过。“阿褐死了。”我们就这样直截了当地说道，丝毫的遮掩与忌讳都没有。

可是，那天傍晚，我碰到了教堂里敲钟的，我也不知道是什么使得我把快要到嘴边的话给硬生生地吞了回去：“拿去吧，这儿是一百苏，去敲个丧钟吧，我们家里有人死了。”

牛

今天早晨像无数个明媚的早晨一样，门才一打开，迦斯托尔就从他的小屋子里小步跑了出来，步伐轻快得如同春夜里那纤细的雨脚，绵密而又有踏踏的韵律。他第一件事就是跑到石槽的一头，深低着头小口小口地啜饮着槽里昨日残存下来的料水。他并没有一饮而尽，而是留一部分给波吕克斯，这个家伙今天可起晚了！跟着，他心甘情愿、慢条斯理地拖着沉重的身子到那老地方，乖乖地把身子套到车轭下面。

迦斯托尔双角缠着布条，脑袋一动不动，像是感受到了蚊虫的叮咬似的，身上的皮不住地打着褶。尾巴呢，懒洋洋地甩着，是在驱赶前来冒犯的小黑蝇。在等着波吕克斯的当儿，嘴巴还在有一下没一下地嚼动着。那样子，像极了一位上了年岁的老妈子，手上勾着扫帚，在慵懒的的阳光下打着瞌睡。

可是，院子那边一派嘈杂的景象：仆人们高声地吆喝着，骂着粗俗的话；狗儿也仿佛来了生人似的吠个不停。

波吕克斯这个家伙，不听从刺棒的指挥，东突西撞的，一头顶到了迦斯托尔的肋骨上，自己还反倒呼哧呼哧喘着气；就是套了车之后也不老实，还在那儿拼死挣脱，绳轭都被挣得格格地响。这个场面可是迦斯托尔头一遭碰到，这个倔家伙是那个素来服帖驯顺的波吕克斯么？

骚乱中没看仔细，等终于安静下来，迦斯托尔发现身边并不是他的老搭档波吕克斯,而是一个新来的家伙。

不见了昔日并肩作战的搭档,迦斯托尔顿觉空落落的。当他眼睛的余光瞥到身边这个不知从何处冒出来的家伙那浑浊的牛眼时,嘴巴便停止了嚼动。

夕阳褪去了耀眼的衣裳,苟延残喘般的在天际将隐未隐。在这暮色温柔的田野上,耕牛们还在劳作着。他们拖着影子一样的轻犁,缓慢地向前走去。夕阳洒下最后一点余晖。

公 牛

一

钓鱼的这人踏着轻快的步伐，沿着约纳河①的岸边向前走着。时不时地，他将手中的钓线往波光粼粼的水面一抛，那末端缚着的青蝇便仿佛蜻蜓般一逗一逗地点着水面。

之前看见那些被牲畜磨得光溜溜的杨树皮上叮着些青蝇，他便捉了一些去，想着充当鱼饵。

只见他利索地将钓线扔出去，而后又把它收回来。这一掷一收间，仿佛不见了岁月的跌宕。

每换一个地儿，他总觉得这个地儿最好。可是没多久，他还是离开了，继续寻找新的地儿。跨过低矮的篱笆桩，他转到了下一个牧场。

但是，当他穿过烈日炙烤的大牧场时，他突然停住了脚步。

就在那儿，就在那群安详地打着鼾的奶牛中间，一只公牛笨拙地站起身来。

这头公牛在方圆十里可出了名的。路上的行人，若事先不知晓，可是会被他魁梧的身躯给吓了一跳的。人们总是站在远远的

① 约纳河（l'Yonne），法国中北部河流，塞纳河左岸支流。源出涅夫勒省普雷纳莱山山脚，在蒙特罗汇入塞纳河，全长 293 公里。

地方望着他，为从未见过的这般雄壮的身姿而惊讶。虽然从来没听说他攻击过谁，可就怕哪天他突然要起性子来，把放牛的人搭在他弓一般的牛角上，像放箭似的抛到半空中去。平日里，他的性子可比羊羔还要温顺哩，可要是有什么事情惹到了他，他就会突然地暴怒起来。所以在他身边，你怕是永远都不知道下一刻会有什么事情发生。

这个渔夫拿眼睛的余梢斜盯着他，警惕着他的每个动静。

他算得上镇定，可心里也在没着没落地打着鼓："要是我逃的话，说不定还没等我跑出牧场就被他追上了。要是我一个情急，跳进河里，可我不懂泅水，不得把自己给淹死嘛！要是我躺在地上装死的话，或许还能逃过一劫，因为据说公牛只嗅一嗅就会离开的。可这个听闻靠得住吗？要是这家伙老不走开怎么办？咦，想想都可怕！看来我还是装出不以为意的样子最好。"

于是，渔夫继续若无其事地钓着他的鱼，就好像那头牛不在那儿似的。他心底多希望就这样蒙混过去！

他戴了草帽，可还是隐隐觉得颈背像是烤着了似的。

他那双渴望狂奔的脚，费了好大的力气才抑制住狂奔的冲动。接着，他故作沉静，踏着牧草优哉游哉地向前走去。时不时地，他还停了脚步，钓上一钓，又见那线端的青蝇一逗一逗地点着水。他还真敢哩！

嘿嘿，这有什么可慌张的哩！

那头公牛瞅都不瞅他，只顾着跟自己的母牛们躺在夕阳下惬意呢！

他刚才站起身子，想必是因为腿脚僵硬了而想动动吧，就像人们伸了个懒腰一样。

他脑袋上的毛打着卷儿，迎着晚风，柔柔地起着细浪。

眼睛半眯着，时而像突然想起什么似的，高声地嗷叫几下。

他到底是倦了，影子般地立在那儿低声哞叫着；耳朵也半张着，像是在听他自己的哞叫声哩。

二

女人一眼便能从那额头上的鬈毛认出他来。

三

“瞧，他铜铃般的牛眼在瞪着我看呢！”

“担什么心呢，格劳瑞爱特。他怕是认生哩，一会儿就该知道你是个多么善良的人啦！”

母 马

到了割草的季节了。草仓堆得满满的，直堆到了屋脊瓦片处。工人们也都紧着手头的活儿，因为天公不作美，好像阴阴欲雨的样子。新割下的牧草要是被雨水打湿的话，也就没了用途，所以大家忙进忙出，想赶在暴雨到来之前把牧草全都收进来。

所有的车子都出动了，一时车辚辚、马萧萧，好一派繁忙与热闹。那边，几匹马刚把一车的牧草拉走，这儿，又来了一辆空车子，几个工人把一捆一捆的牧草装上。夜幕降临了，他们还在来回地奔波着。

拉车的母马嘶叫着，因为她的小马驹一整天都没喝奶了，这会儿正凄厉地叫着她呢！

她觉得这应该是最后一车了吧。想着马上就能回到她的小马驹身边，她喜不自禁，使劲地往前拉着，居然忘了她是和她的搭档一起拉车的。到了草仓的墙边，车子终于停了下来。来了一人，给她们摘了套具。才脱了束缚，母马便一路小跑到栅栏边，那儿，她的小马驹正伸长脖子，呼唤着她呢！可这只是美好的幻想，才脱了缰，那人就将她紧紧擒住，因为他们还等着用她再拉最后一车呢。

马

我的马，她不漂亮，甚至还有些丑。她身上有太多的凸起和洼陷。两肋瘦瘪瘪的，尾巴短得像老鼠，门牙甚至长得跟英吉利老女人的门牙似的。可是，她总在那儿陪伴着我，让我安心。

我老想不明白，我对她使唤来使唤去，她为什么还能毫无反抗地任我差遣，继续给我干活儿呢？

每次我把她套上车，我都在隐隐地期待着她对我说声“不”，然后一个猝然转身，弃我而去。

可是这样的事情，一次都没发生过，我的希望次次都落了空。她的大脑袋低了下去，跟着又抬了起来，像是头上有顶帽子，要给她重新戴正似的。她乖顺地向后退着，自个儿穿到辕轭中间去。

因而，我对她从来不吝惜粮食，燕麦啊，玉米啦，管她吃个够。我还经常给她刷毛哩，直刷得那毛亮得跟樱桃似的。

有时，我会梳梳她的鬃毛，给她那可怜的尾巴编个小辫儿。或是轻轻地抚摸她，对她说些赞美的话。或是用海绵洗洗她的眼睛，给她的蹄儿打点蜡。

对这种种表示，她心里会不会有触动呢？

没有谁知道。

只是偶尔她会放屁，这算不算她的一种回应呢？

尤其是当她拉车载我闲逛时，她温顺的性情，很是让我打心眼里钦佩。我一挥鞭，她便加快步伐。我一叫停，她便停住了脚。我把缰绳往左拉，她便顺着往左拐。她既没有拗着往右拐，也没有用蹄子踢我，把我蹬到沟里去。

她让我害怕，让我愧疚，也让我爱怜。

我老想着，会不会有那么一天，她从半夜中醒来，以暴力夺权，把我按到了她现在的位置？

她到底在想什么呢？

哎，她又放屁了。

驴　子

一

什么事儿于他来说，都是无关轻重的。每天清晨，他轻盈地踏着小碎步，载着邮递员雅各在邻近的几个村子里穿来梭去，捎来人们在城里订购的各种物什：有时是几撮香料、一些面包；有时又是几斤肉、两三份报；有时还捎来一两封信。

这一圈兜下来之后，雅各和驴子便开始忙活他们自家的活了。这时，邮车便成了货车。他们一道去葡萄园，或去树林子，或去马铃薯地。有时候他们带回来蔬菜，有时则带回一些嫩绿的笤帚草，或这或那的，这要看当天的活而定了。

雅各连连喊着：“吁——吁——”他只是随意地吆喝着，可听起来却像是他打着鼾一般。有时，因为嗅到了蓟草的味道，或者一个念头突然攫住了他，驴子便停在半路，不再走了。

于是，雅各搂住他的脖子，推着他走。要是驴子还是倔着不走，这时候雅各就会使出杀手锏——咬他的耳朵。

饿了，他们在路边的沟坎里吃东西。主人吃干面包，就着洋葱；驴子则在这片广阔的天地里随意吃着他爱吃的东西。

直至入了夜，他们才想到回家。他们俩的黑影，从一棵树上徐徐地移到另一棵树上。

月色迷蒙,在这如水般的寂静里,万物沐浴在其中,已然入梦。蓦地,不知哪来的声响搅动了这如水的寂静,引起了片刻的骚动。

这到底是谁家的媳妇,这么晚的时候,还在一满桶一满桶地打着水呀？井上那生锈的辘轳被她转得咯吱作响呢!

这时,驴子扯着嗓子嘶叫着,好像在说:"管她是谁,我才不关心呢。"等到辘轳咯吱的声音消失了,他才停止了喊叫。

二

驴子——长大了的兔子。

猪

你一路嘟嘟囔囔，见到人就贴近乎，好像我们都给你喂过食似的。鼻子一刻也不闲着，到处乱拱，那样子，就像同时用着腿和鼻子走路一样哩！

时不时，还将你那黑醋栗似的小眼睛藏在甜菜叶般的大耳朵底下。

哇，你像极了醋栗哩！瞧，你生着跟醋栗一般的便便大肚。

你有着跟醋栗一般的刺毛，醋栗一般光亮的皮肉，还有醋栗那打着卷儿的小尾饰哩！

可是，有些可恶的人居然喊你"龌龊的家伙"！他们说你虽然好养，对什么也不嫌恶，可你却使他们生厌，还说你光爱喝油腻腻的刷锅水、洗碗水！

可别被他们的诋毁搞得自惭形秽，那是他们故意说你的坏话呢！

他们要是能给你把脸洗洗干净，那你也是面若桃花、风度翩翩的公子哥哩！

你的邋里邋遢，与你无关，是他们的不对。

就像人家给你铺怎样的床，你就要怎样睡一样。邋遢只不过是你不得已的样子罢了。

猪和珠子

人家才把他放到草地上，他便津津有味地吃起来，鼻孔可是一刻也不愿离开地面。

他可不是光拣肥美的牧草吃，而是近前有什么便吃什么。瞧他那总也闲不下来的鼻子，仿佛犁铧或瞎了眼的鼹鼠似的，漫无目的地东拱拱，西拱拱。

在他的生命里，唯一一件能让他上心的事情就是吃。天气怎样，他才没空理会呢。瞧他那已然腌菜桶般的肚子，好家伙，还在拼命地往里装食儿呢！

瞧，方才还是艳阳直落落地炙烤大地，身上的鬃毛仿佛刹那间就要燃着了似的。这会儿却是漫天的乱云翻滚，在草原上空迅疾铺陈开来，云里附着的冰雹粒也跟着迸裂开来，掉落在草原上。可是，他好像仍然不以为意的样子。

这当儿，一派紧张忙乱的景象。一只喜鹊像上了发条似的，从眼前一掠而过；火鸡也赶忙藏到了树篱底下；就连那初出茅庐、稚气未脱的小马驹也匆匆躲到橡树底下。

可是，猪还在草地里啃着青草，丝毫没有怯意的样子。

他继续啃着，一口也不想落下。

慌里慌张地，尾巴都没顾得摇一下。

末了，等冰雹粒噼里啪啦地打下来时，他才勉勉强强地嘟噜了一句：

“又是哪些坏家伙在扔可恶的珠子？”

母山羊

村公所的墙上贴了一张报纸，过往的行人没有一个停下脚步来看一看。

咦，我说错了，这只山羊可看得津津有味哩！

瞧，她站立着后腿，两条前腿则撑在公告栏的底端，头一会儿动到左边，一会儿又移回右边，犄角和胡须也跟着摆动着，就像一个老妇人在读报哩！

等到报纸读完了，因着这张纸透着一股子新鲜胶水的味道，很是好闻，她便将它扯下来吃了。

在这个小镇里，很多东西最终都会荒废，无人问津，可这并不是所有，瞧，这张报就没荒废掉啊！

公山羊

他的膻味总是冲在他的前面，颇有种“朱唇未启笑先闻”的感觉，人们还没看见他，就先闻到他的那股子味了。

他领头向前走去，后面扑踏踏地跟着一群凌乱的绵羊，蹄蹴声纷纷沓沓，扬起了云一般的尘土来。

这家伙，毛长，一绺一绺地垂着，干巴巴的没有色泽。脊梁骨上还齐整地分披出一条道儿来。

他很少炫耀自己那长长的胡须，可那堂堂的体格，着实让他有些自负得找不到北。可是因为母山羊的下巴颌底下也长着同样的胡须，所以他没有了炫耀的资本。

当他打人前经过，有些人便赶忙捏住鼻子，但有些人却有个怪癖——还就爱闻它这个膻味。

他走路的时候，没有左看看右瞅瞅的习惯：瞧，他耳朵尖尖的，尾巴短短的，僵着身子，向前走去。就是人们把自己的罪过推到他身上，他也懵然无知，而且最经常的就是摆出老学究的样子，一路掉着念珠似的屎蛋儿。

亚历山大是他的大名。这个名儿可是闻名遐迩，连狗儿们都知道！

就这样，天色晚了，太阳隐了，他便和田里收割的人们一道赶回村子里去。他的两个犄角，因为上了年岁而鬈曲着，渐渐地拱成镰刀的模样。

羊

夕阳染红了天际，他们便从麦茬田里归来。从清晨到日暮，他们就这样早出晚归，啃着田里的秋草。

牧羊犬是必须有的。懒散的牧羊人只消几个眼色，那牧羊犬便领会意思，忙不迭地去赶拢那离散的羊只。

他们将道儿挤得满满的，仿佛丝带似的从一个坳飘到另一个坳。在这条不宽的小路上，他们挤成一堆，仿佛快要溢出来的棉花糖似的，踩着老婆婆的碎步，踏踏地向前走着。不一会儿，羊群奔跑起来，那杂沓的脚步，发出风吹芦苇般的沙沙声；惊起的尘土，也仿佛被捣了的蜂窝似的飞扬着。

瞧，这个生着浓密卷毛的小羊，仿佛一团抛起的包裹似的，跟着羊群跳跃着。他那小螺号般的耳朵里还吊着糖果一样的耳屎哩！

羊群里还有一只，晕头转向的，脑瓜低垂到膝盖上，撞得咯咯地响。

他们蜂拥着涌入村庄、邻里巷陌，欢快地叫着，仿佛今日是他们的狂欢。

可是，他们打村里走过，没有驻留。瞧，那边，他们在那里呢！在那耀眼的地平线上，出现了他们的身影。他们云朵似的爬过低矮的小丘，轻盈地飘向斜挂的夕阳。他们挨着天边，慵懒地躺下来。

那些零星散落在后面的羊，在落日的辉映下，成了最后那意料不到的收尾。不一会儿，便赶着融入那毛线团般的大云朵里。

瞧，还有一团棉花糖似的小家伙散落着，在天边舞动着，起着白沫，渐渐地，化了烟，变了水汽，最后消失不见。

咦，还有一条腿伸在外面哩！

在落日的余晖里，那腿被光影愈拉愈长，仿若旧时的纱锭，愈来愈细，细到无穷亦无尽。

羊儿们蜷缩着身子，围着那夕阳，沉沉地睡去。这时，夕阳懒懒地摘下头上的峨冠，微醺地挂在天际，要落未落的样子。可怜的羊儿啊，明天太阳才能把它的光芒重新洒进你们的绒毛里呢！这漫漫的长夜，你们该如何捱过呢？

两只兔子

在那只剩半截的酒桶里，住着小黑和小灰。他们将四脚暖暖和和地藏在皮毛底下，嘴里还不停地嚼着青草，活脱脱母牛吃食的样儿。他们虽说一天只吃一顿饭，可这顿饭吃的时间还真不短哩，起码要吃上个一整天。

如果主人一时忘了给他们扔些新的牧草，他们可是会把陈的那些啃到根，甚至连根也一并嚼了呢。

可是，就在刚才，一颗生菜掉在了他们跟前，紧接着，小黑和小灰便一起吃了起来。

他们鼻子对鼻子可劲地吃着，还不时地晃着脑袋，耳朵也跟着上下颠颤着。

吃到最后只剩下一片生菜叶子的时候，他们俩各自衔住一端，抢着看谁吃得快。

他们没笑，可人们知道他们是在闹着玩儿。等到叶子吃光了以后，他们还会像兄弟一般互亲着嘴唇。

可是今天，小灰却蔫蔫的，打不起精神来。打昨个起，他的肚子就开始发胀，胃里咕噜噜地泛着酸水。他这回可真是吃撑了。就这么一片生菜叶，就算不饿的时候也吃得下吧，可是他今天就是吃不动了。他望了望那叶子，动也没动，就在自己的屎蛋子上躺了下去，浑身哆哆嗦嗦地痉挛着。

这会儿，小灰僵直着身子，四脚摊开，就像是猎枪店打出的“一枪毙命，例无虚发”的广告画。

小黑一时间也不知所措地停住了嘴。然后，他像烛台一样端坐着，柔和地吸吐着气，嘴唇紧锁着，眼圈泛着玫瑰红，直愣愣地望着近旁痛苦的小灰。

小黑就这样端坐着，那样子就如同静坐冥想的巫师一般，解着人世的谜咒。

两只耳朵直直地竖着，仿佛是指向零点的时针似的。

跟着，它们便耷拉了下来。

末了，他独个儿把那片生菜叶吃了个精光。

野　兔

菲里普之前答应过我，说要带我去野外洞穴里看看野兔。

这可真难啊！到野外去看野兔，你需要有一双猎人的眼睛，而且是久经猎场的猎人的眼睛。

我和他一前一后，穿过留着麦茬的田地（这儿的人乡音浓郁，老是把 éteule 说成 étoule）。这块地北边毗邻一座低矮的小丘，起到天然的屏障作用。

早上，一只野兔拣了个背风处，安了穴。即便是白天，只要风向变来变去的，小野兔还是一刻不离他的巢穴，直到第二天晚上才敢从洞穴里出来觅点吃食。

每次出去打猎，我都望着狗，望着树，望着低飞的云雀，还有那蓝得有些扎眼的天空。可菲里普每次都是盯着地面，仿佛要把地望穿个洞似的。他每个犁沟都要瞧上一眼，山洼里，斜坡上，全都看了个遍。有时候，一个石块，一团泥土，都让他小心翼翼。那会不会是野兔呢？于是，他便脚步轻缓地靠过去查实一下。

咦，这次还真被他逮个正着！

“您要不要来试试手？”菲里普压低嗓音，对我说道。

我转过身，瞧见菲里普停在那儿，眼睛紧盯着土地，死盯着一个点。手里的猎枪缓缓地抬了起来，准备射击的样子。

"您看到他了么?"菲里普问道。

"在哪儿?"

"那边,瞧,他的眼睛骨碌碌地转呢!"

"还是没看到。"

"快看!那里!就在您前面。"

"犁沟里吗?"

"嗯,不过不是在你前面的第一行,是在第二行。"

"可我什么也看不到啊。"

我瞪大眼睛,看了好一会儿,眼睛起了雾。用手轻轻揉了揉之后,继续看,可还是没瞅到那只野兔。这时,只见菲里普脸色苍白,可能是看到野兔,心间起了些惊惶。他近乎语无伦次,重复问道:"您没看到他么?就在那儿,真的没看到么?"

跟着,因为怕野兔突然惊醒逃跑,他的手也不自觉地抖了起来。

"用猎枪再给我指指看,菲里普。"

"瞧,就在那里。眼睛!他的眼睛!就在枪口的方向!"

"哪儿哪儿?可我还是什么也没看到啊!菲里普,你撑着些,把枪抵在肩膀处,瞄准他。我再试试。"

我调了调位置,站在菲里普背后,可是,就是沿着他的猎枪的瞄准线,我还是什么也没发现啊!

这可太让人窝火了!

顺着他的枪管,我好像看到了什么东西,可绝对不可能是那只野兔。我看到的就是一块泥土的凸起,黄黄的,跟这片麦茬地的所有土块一个样子。我还在继续寻找那只眼睛,可是哪有什么眼睛啊?

我有些不耐烦了,压抑着那句话,几乎要对菲里普说了:“算了,你动手吧!”

这个时候,狗跑了过来。刚刚它一直在远处溜达来着。因为没有风的缘故,它嗅不到野兔的气息,可是它总是东突西撞的,保不准那么随意一冲,就把野兔给吓跑了。所以,菲里普低声威胁着,要是它不听话乱动的话,就要扇它几个耳光,踹上几脚。

接着,菲里普静静地伫立在那里。为了指给我看野兔,他已经穷尽了一切可能,唯有等着我主动放弃了。

哦!那只黑眼睛,又圆又大如李子般的黑眼睛,到底在哪儿呢?想着那只眼睛里一定写满了惊慌与无措。

啊!我看到他啦!

只听一记枪声,野兔惊惶地从穴里跳了出来,可为时已晚,脑袋已被我那一枪打得稀巴烂了。我之前确实看到过他。虽说我不是猎人,可我眼睛还是很好的,几乎是一来的时候我就看到他了。可是我被他的卧姿骗了。我以为他会蜷缩成球的形状,像小狗的卧姿那般。所以我一直在找球上的眼睛!可是,这个家伙,他伸展着身子,前爪合拢着,耳朵低低地垂着,只把后半截屁股藏在洞里,这样他整个就跟禾茬一般高了。他的屁股在这儿,而眼睛却离得远远的,在那儿。所以我当时只是疑惑了一下,接着也就没在意了。

“猎杀穴里的野兔,说起来好像不道义,有点小人的行为。”我对菲里普说道,“我们应该先扔个石头,把他从窝里撵出来才对。凭着我们俩的枪法,肯定能在他逃窜的途中将他打中。”

“这只能留着等下次了。”菲里普有些遗憾地答道。

“菲里普，谢谢你带我看穴里的野兔，像您这样的猎人不多了。”

“就是因为是先生您，我才指给您看的，换了别人，我才不干呢。”他的言语里有些戏谑的意思，不过我知道他说的是实打实的话。

蜥　蜴

这家伙,仿佛是从我倚着的石墙缝里骤然蹦出来似的,溜着我的肩头,继续往上攀爬,多半是把我当做了墙。这也难怪,因为我倚在那里,动也不动,而且风衣的颜色也是墙一般的颜色。不知怎的,我竟有些欣喜的感觉。

墙问:“是什么东西呀,惹得我脊梁一阵阵酥痒?”

蜥蜴答:“是我呀!”

绿蜥蜴

小心这一抹墨绿的颜料哦！

游　蛇

这个如同绞肠似的家伙，究竟是从谁的肚子里掉下来的呢？

鼬 鼠

她穷是穷,可穷得干净,甚至还散发着难得的优雅气质!她小步小步地向前跳着,一天里头,要在这条路上来来回回好几趟!从一个沟跳到另一个沟,一个洞跳到另一个洞,那样子,好像旧时上门教书的先生呢!

刺　猬

能烦请您擦干净您的……

这就是我本来的样子，你接受也罢，不接受也罢。另外奉劝一句：不要把我抱得太紧。

蛇

一

太长了。

二

有地球子午线四分弧的一千万分之一那么长。

蚯　蚓

雨过天晴，瞧吧，这家伙又把身子拉得长长的，像一根看起来很有劲道的面条似的。

青　蛙

如同弹簧蓦地松开一般,她们在一遍一遍地练习着起跳。

又仿佛万千的滚油点子从青草间溅起,散落一地的沉重与叹息。

在青翠欲滴的偌大荷叶上,她们端坐着,仿佛青铜色的镇纸一般。

瞧,其中一位还在大口大口地吞着空气哩!那张着的口,简直让人有种冲动,想把一枚铜子丢进她那鼓胀着的肚子里。

有时,她们会从河底的淤泥里缓缓升起,如同叹息一般。

有时,又呆在水下,动也不动,鼓鼓的大眼跟水面齐平,好像死水洼里起着的脏水泡儿似的。

有时,她们又像石匠一般呆坐着、茫然着,对着西沉的太阳打着哈欠。

接着,她们又好像日暮时分街头叫卖的小贩似的,高声地向人们播报着这一天里的最后几则新闻。

今晚,她们这是要在自家里请客呀!听到了么,她们洗玻璃酒盏的声音?

偶尔,她们也会突然攫住一只昆虫,三口并作两口地把它吞进肚里。

可是,另外一帮娘们儿却只顾着调情!

她们个个使尽浑身解数,勾引着河边那个垂钓的人!

我折下一条树枝，随意地做成一根钓竿。至于钓钩，外套上刚好别着一枚别针，取下来，弯成钓钩的样子即可。

钓线嘛，哪儿都能找到。

可是，我还需要一小绺绒绳，哪怕是线头也成，随意哪种红色。

于是，我全身上下找了找，地上也找了，半空中也找了。

可还是什么也没找到。我心中生出一些惆怅来，盯着外套上那开着的扣眼，久久发呆。扣眼儿啊扣眼儿，你这般准备着，可也没见谁着急着要给你戴上红绶带呀。我这可不是责备，不过是发发牢骚、聊抒胸臆罢了。

癞蛤蟆

他生于石缝，长于石下，而且还将在那儿埋葬生命所有的过往。

我常常来探望他。每次我搬开石头，都有一种害怕。我怕他还在那儿，同时也怕他搬走了，不在那儿了。

他在里头呢。

他躲在这个狭促却干燥、清净的小世界里，这个只属于他的世界里。这个世界狭小得只容得下他一个。他鼓鼓的身子，如同守财奴的钱袋似的。

要是下雨了，家淋湿了，他便从石头下出来，前来迎接我。

笨拙地跳腾几下之后，他便坐定下来，血红的眼睛瞅着我看。

世间的人，多半对他执有偏见，或把他当做生麻风病的怪物，唯恐避之不及。而我却能使自己泰然地蹲在他面前，轻轻地将我的脸靠近他的脸。

不久之后，我认为我一定能压抑住心底残留的最后一丝厌恶之情，伸出手去抚摸你了。蛤蟆呀，你愿意相信我吗？

人世间，比这恶心百倍甚至千倍的事，我们也能往肚子里吞。

可是昨天，当我看到他那满身溃烂的脓包，发酵似的流着脓的身子的时候，我弄丢了长久以来的淡然。

“我可怜的朋友啊！”我对他说，“我不想伤害你的感情，可是，苍天哪！你这个样子太丑了！”

他张着没有牙齿的大嘴，一副天真无邪的样子，舌尖还冒着热气，用略带英式腔调的法语回答道：

“那你呢？”

蚱 蜢

我很好奇："这个家伙，他有可能是昆虫里的宪兵么？"

你瞧他，成天地蹦来蹦去，像是在追捕那些隐形的偷猎者，可怎么也追不到似的。

哪怕是长得再高的草儿，他也能不费吹灰之力地跃过。

他天不怕、地不怕，在他的字典里，就没有畏惧这两个字。还别说，他确实有无所畏惧的资本，且待我一一细数给您：他的长靴，有着弹跳七古里[①]的韧力；他的前额，堂堂正正，透着天才般的睿智；他的脖颈，如同公牛的颈那般壮实；他的腹部，有着船身的流线型构造；他的双翼，如同赛璐珞[②]般韧不可摧；他的触角，恶魔般的让人发怵；还有他尾后拖着的巨型军刀，凌厉的刀锋透着点威严与不可小觑之意。

做宪兵的人，虽说他们有种种闪光的品质，可他们多多少少也有些怪癖。蚱蜢也是一样！不瞒你说，他确实有嚼烟草的癖好哩！

要是觉得我说谎，那就不妨试试啊。哪天你在苜蓿叶上看到一只蚱蜢，不妨用手在后面轻轻地追着，看他从一瓣叶子跳到另

---

① Lieue，法语原文，意为法国古里，一种计量单位，约合 4 公里。

② Celluloïd，法语原文，意为赛璐珞，一种可塑性树脂，透明，常用作镜架材质。

一瓣叶子。当他在两次跳跃之间的时候，轻轻攫住他。这时候，仔细观察他的嘴：

他那令人发怵的牙齿之间，沁出烟草汁似的黑色沫子来。

可是，没等你细看，他必定已经挣扎着逃出你的手掌了。他生来对跳跃的那份狂热，是谁也阻挡不了的。这个绿色的家伙，骤然一个弹跳，便从你手中逃脱了。瞧啊，比起我们，这个可怜的家伙，多纤细、多柔弱啊！在他拼死挣脱的时候，一条可怜的腿断了，落在你手里。你看着残缺的腿，惋惜，悔恨……

蛐蛐

每天这个时刻，这个黑炭似的家伙，溜达烦了、倦了，便折回家去，想着该认真收拾一下自己狼藉的庄园了。

他先是从门前那条狭窄的砂石小径开始。瞧，他像石匠似的，在那“吱吱”地刮着。

接着，不知从哪儿偷来了一些锯屑，把它们洒在这个隐居地入口的地方。

有一个大草根，老是碍着他，瞧，他在用他那锋利的牙齿“唧唧”地锉割着。

他歇了一下。

没多久，突然想起来一件事：要给他那小小的表上上发条。

他上好发条了吗？还是表坏了呢？他又歇了一会儿。

之后，他回到家里，关上门。

钥匙在那精美的锁孔里“吱吱”“吱吱”了转了好一会儿。

一阵忙活之后，他静了下来，躲在门后，侧耳谛听着：

门外，一点点的动静也没有。

可是，他还是放心不下。

末了，像是搭着滑轮吱扭作响的链条似的，他下到了大地深处。

就这样,整个世界静了下来。

在万籁俱寂的乡间田野,那些白杨仿佛手指一般,高高地耸立着,抵着天空,指着月亮。

蟑　螂

黑黢黢的,钥匙洞似的趴在那里。

萤火虫

一

出了什么事了？已经是夜里九点钟了，他家还亮着盏灯哩！

二

这落在草丛里的一点月光啊！

蜘　蛛

像一只黑黝黝、毛茸茸的小手似的，缠在打了结的发丝之间，僵在那里，挣扎着。

整个夜里，打着月亮的名号，贴着一张张的封条。

五月虫

像迟迟未开的芽儿，慢慢褪去外衣，他跌跌撞撞地从栗子树间飞出。

觉得身子稍有些沉重，方向感也有些错乱，他还是执拗地寻找着终点。终于，借着那巧克力色的翅膀，他一路呜呜地飞到了想去的地方。

蚂　蚁

瞧，他们只只长得像极了数字“3”！
还有这儿！这儿！
这么多的“3”，简直是无穷无尽！

蚂蚁和小山鹑

刚下过一场雨，车辙里积满了水，一只蚂蚁不幸滑了进去，生命危在旦夕。就在这当儿，一只小山鹑飞了过来，停在车辙边喝水。看到这只苦苦挣扎的蚂蚁，便用嘴将她夹了上来，救了她一命。

“我会报答您的救命之恩的。”蚂蚁说。

“如今已不是拉·封丹①的时代了。”小山鹑摇了摇头，对蚂蚁的话不以为意，“我并非怀疑您的这份感激之情，只是哪天猎人真的要举枪杀我，您又该怎样阻止呢？您是咬他的后脚跟么？可是，如今猎人们都已不再光脚走路了。”

听了小山鹑的这番话，蚂蚁并没有多作争辩。她回去之后，立即召集同样混在这条道上的姐妹们。她们排成一排，仿佛一串黑色的珍珠项链似的。

没承想，猎人就在不远的地方。

他侧着身子，躲在树荫底下，偷偷地瞄着小山鹑。这个时节，麦田刚刚收割完，小山鹑正在田里快速地走动，寻找着吃食。猎人端起了枪，准备射击。忽地右胳膊一阵疼痛，原来是好几

---

① 拉·封丹(La Fontaine，1621—1695)，法国古典文学的代表作家，著名的寓言诗人。《龟兔赛跑》、《农夫与蛇》、《狐狸与乌鸦》等寓言皆出自拉·封丹之手。

只蚂蚁在咬他呢！他的枪有些端不稳了，右胳膊也不听使唤，垂了下来。趁着他的胳膊还在麻痛的当儿，小山鹑赶紧飞走了。

蜗　牛

一

染上伤风的时候，蜗牛便很少出门。他缩着长颈鹿般的脖子，或许因为鼻塞的缘故，嘴角咕噜咕噜地起着泡儿。

等到身体一好，他便出来四处溜达。可是你瞧，他是在用舌头走路哩！

二

我的小伙伴阿贝尔常常跟他的蜗牛一起玩。

他养了满满的一匣子蜗牛。为了辨认出谁是谁，他还用蜡笔在每只蜗牛的壳上作了编号。

碰上天气特别干燥的时候，蜗牛就昼夜睡在匣子里。

一到将要下雨的时候，阿贝尔就连忙把他们放到外面去，排成排等着雨落。要是这雨还迟迟不落的话，阿贝尔便取来一壶水，兜头浇下，把他们给弄醒。“这时候，除了匣子底孵卵的那些蜗牛妈妈们之外，其他的都由一只名叫巴尔巴尔的狗护卫着，沿着院子散步呢！”阿贝尔忽闪着大眼睛，对我说道。他还偷偷地告诉我，巴尔巴尔其实是他捡来的铅片，它之所以能动，是因为他在后面用手指推着哩！

当我问他养这些蜗牛辛不辛苦时，我发现，他嘴里回答着“是”，可是头却摇了摇。

“喂，阿贝尔，”我不禁好奇地问道，“为什么你的脑袋老这样左右地晃来晃去呢？”

“因为我的糖啊。”他仍是忽闪着大眼睛。

“什么糖啊？”

“呐，就是这个。”

正说着话，他突然朝前爬去，把那只像是掉了队似的、在那迷惘地转来转去的八号蜗牛领了回来。

这时候，我看到他的脖子上，就在皮肤与衬衫之间，挂着一块方糖，好像奖章似的用细线吊着。

“妈妈给我带上的，”他说。“我惹事的时候，她就这样罚我。”

“挂着它，不碍事吗？”

“还好，就是怪痒的。”

“还火辣辣的，对不对！你看，这儿都被蹭红了！”

“可是，如果妈妈原谅我了，那我就可以把它吃掉啦！”阿贝尔的眼里满满都是期待与幸福。

毛毛虫

太阳西斜后，阳光不像正午时分那般强烈了，她便从草丛里钻了出来，沿着起起伏伏的砂石小径，缓缓地向前蠕动。她一路提防着，这条道儿太危险了，她不能停下来。在慢慢向前蠕动的时候，有那么一会儿，她还以为自己闯进了花匠踏下的屐印里，找不到方向了呢！

末了，终于来到了草莓园。她歇了一下，抬起鼻子，左右摆动着，像是在嗅那花香似的。接着继续向前走去。她时而钻到花叶底下，时而又爬到花叶上头。她终于知道自己要到什么地方去了。

多么雍容华贵的毛毛虫啊！华丽的棕色毛绒大衣，细碎地点缀着点点金色，愈发烘托出她那丰盈的体态，还有那双黑豆般的眼睛！

循着花香，她蠕动着向前，时而皱起身子，好像一道浓眉，做着各种搞怪的姿势。

最后，她在一株玫瑰下停了下来。

她先是用自己那细小的钩子，摩挲着玫瑰那粗糙的花茎，在摩挲的当儿，小脑袋还跟着左右地摆动着，宛如初生小狗的脑瓜似的。接着，她决定爬到玫瑰梢头看一看。

这时，简直可以说，她攀爬的样子，仿佛要把那玫瑰的花茎——那段长长的路，一口一口费力地吞咽下去！

一路千辛万苦，终于攀到了花茎梢头。这儿，静静地开着一朵玫瑰，羞羞答答的，仿佛清纯少女那娇美的面容。她散发着一种迷人的芳香，小毛毛虫陶醉了，记不得回家的路了。这朵玫瑰，她也不怕生人！随便哪条毛毛虫，都任由她沿着花茎爬上梢头，欣喜地把她留下，还当是谁送给她的礼物呢！

玫瑰啊，乐得有人陪伴，又想到今晚是个凉夜，有了这皮毛围巾，绕在脖子上，此刻，别提她有多欣喜啦！

跳　蚤

像极了装着弹簧的烟草沫子。

蝴　蝶

咦,是谁寄的情书?对折着,寻觅着花儿的地址。

小黄蜂

末了，她变得苍老臃肿，早已不见了当年那一把纤细的腰身。

蜻 蜓

她眼睛害了病,成天地调理着呢!

瞧她,从河的这岸到那岸,来来回回地飞着,还时不时地把红肿了的眼睛浸在清凉的河水里。

边撩着水,边噼啪地响着,就像是飞在闪着火花的电线上一般。

小松鼠

一

“瞧，那边那棵树上，毛茸茸的，是松鼠耶！松鼠耶！”我的小家伙兴奋地喊道。

“真是松鼠哪！可是小家伙，他可不是长在树上的哦！”

二

像旧时秋日的黄昏里，捻亮路灯的打更小子似的，他在秋叶底下乱窜着，翘着那火炬般的尾巴，燃红了一片森林。

小老鼠

不知从何时起，习惯了每天写上一两页才能安然入睡。今晚，当我坐在油灯下，写着今天要记下的那一页文稿时，我听到了轻微的窸窣声。我一停下笔，那窸窣声也就跟着停了。我重又动笔在纸上刷刷地写，那声音也跟着又起了。

我想，这应该是一只还没入睡的老鼠吧！

我猜此刻他定是在哪个暗洞边来回逡巡着，至于暗洞在哪里，很可能是我们家老仆人放置抹布以及毛刷的那个角落。

他跳到地上，在厨房的地砖上小步窜着。之后打烟囱边经过，又跑到洗碗槽子下面，最后在碗盘之间消失不见了。跟着，一面不住地向远处张望着，一面朝着我的方向走了过来。

每当我放下笔杆时，这屋子里的寂静总让他有些不安。而当我拿起笔杆，在纸上刷刷地写着时，他可能以为屋里哪个地方还有一只老鼠，所以也就心安起来。

可是之后，他就不见了。呀，原来他是钻到了我写字的桌子下面了！瞧，在我的两脚之间呢！跟着，他便在椅脚之间来回地蹿踱着。

时不时地，他还会轻轻掠过我的木鞋，或是好奇地咬一下鞋底的木头，有时竟放着胆子爬到鞋上面去！

这时候，我不敢动一下脚，或是喘一口粗气，因为会把他给惊跑哩。

可是，我得继续写才成，要不他又该不安了。要是他把我撇下了，我不知道这偌大的孤独该由什么来填充，所以，我只得在纸上东写写，西画画，下笔很轻，唯恐惊扰了他。此刻的我，多像是啃噬着木屑的他啊！

猴　子

去瞧瞧猴子们吧(瞧,这些淘气的家伙,裤裆都给撕烂了,一会儿又该挨骂了)！他们见着什么东西都往上攀;有时也会看见他们在清晨的阳光地里,扭着腰肢,跳着柔美的舞蹈;有时无端地生起气来,抓耳挠腮;有时手里剥着个什么东西;有时甚至有幸看到他们以旧时的优雅姿势饮着水哩！他们的眼神,时而浑浊呆滞,但很快地,便有一束光芒闪过,可同样很快地,又黯淡了下去。

去看看火烈鸟吧！因为害怕池水打湿她们那玫瑰色的衬裙,她们便踩着两只钳子似的高跷走路。还有天鹅,爱慕虚荣的他们,不住地整理自己的衣领;鸵鸟,有着小鸡一般的翅膀,却戴着车站站长似的大盖帽;鹳鸟,可是无时无刻不在耸着肩,末了,才明白整日架着膀子也没什么意思;秃鹳,衣着寒碜的它,在秋日的凉风里瑟瑟发抖;企鹅,披着麦克法兰式的大衣;塘鹅,伸着他那木刀般的嘴;还有鹦鹉,即便是调教得最具人性化的鹦鹉也比不上他们的看管者来得聪明。瞧他,左磨右磨,好讲歹讲,最后终于从我们腰包里榨得一枚十苏的银币。

去瞧瞧牦牛吧,脑子里尽是些古老的思想,步履也跟旧时的思想家似的,沉重地拖来拖去;长颈鹿,则从铁栅栏的上面探出头来,像是在炫耀他那长矛般的脖颈;大象,则拖动着他的芭蕾舞鞋，在家门口踱来踱去，瞧啊，弓着背，耷拉着他那长鼻子：他整个儿几乎被那提得太高的大裤衩似的袋子给遮住了，尾巴的地方还荡着一小段的绳子！

走到这儿，不妨去看看那箭猪。瞧，他全身长满羽毛笔杆似的刺儿，这让他和他的女友可是犯了难；斑马，黑白条纹错落搭配着，堪称世上一切斑马的写真片；豹子，见人来便从他那小床上跳了下来，一屁股跌坐在床脚前面；狗熊，惹得我们连连发笑，自己却一副闷闷不乐的样子；最后还有狮子，自己在那打哈欠，弄得我们也是哈欠连天的样子。

鹿

森林里一条羊肠小径，我在这头优哉游哉地走着，忽然见他从另一头迎面走了过来。

起初，因为太远，我还以为是哪个陌生人，头上顶着盆栽向我缓步走来呢！

渐渐地，我辨出了他那仿佛枝椏岔开、树叶落尽的小树一般的犄角。

最后，小鹿终于清晰地出现在我跟前。恍然间，我们一起停住了脚步。

我对他说："过来呀，不要怕。我拿着猎枪，不过是装模作样，摆出不可一世的样子罢了。我可从来不用枪，子弹也都留在家里的抽屉里呢！"

小鹿静静地聆听着，仿佛能预知我将要说什么似的。待我话一完，他便一点迟疑也没有地跑走了。远远望去，那双腿仿佛风里的小树苗一般交叉着，渐渐地也就没了踪迹。

"多可惜啊！"我向着他渐行渐远的背影，不无伤感地喊道，"我刚刚一直在脑海里编织着我们结伴而行的画面。我呢，亲手将你爱吃的青草喂给你吃；你呢，将我的猎枪搭在你的犄角上，和我并肩在森林里漫步。这是何等的惬意！可惜了！"

鲔 鱼

他循着铺满鹅卵石的小溪，溯流而上：因为他既不喜欢淤泥，也不喜欢水草。

不久，他瞧见了一只瓶子，躺在溪底的砂石上。

那灌满水的玻璃瓶是我的呀！我并没有特意放上鱼饵，可不知怎么就把这家伙给引来了。他在玻璃瓶子的四周转来转去，寻找着入口。瞧，左突右突地，他就这样自个儿钻了进去。

我拾起瓶子，将他放掉了。

跟着，他便朝上游游去，忽地听到一些声响。好奇心作祟的他，竟也不逃，反而循着声音，一路游去，想看个究竟。小鲔鱼啊，是我在这儿踩着水玩。网兜放在旁边，拿着钓竿搅河底的水草！不懂迂回的他，还是径自地往网眼里撞，接着便卡在那网眼里了。

我抬起网，又一次把小鲔鱼放掉了。

不一会儿，小溪的下游，突然有东西咬住了我的钓线，末端的两色浮子在溪水的漩涡里起起落落。

我拉起钓竿一看，还是这个家伙。

我把他从钓钩上取下来，又放走了。心里想着，这一次他该不会再来纠缠我了吧。

瞧，他在那里，在我落脚的地方，在澄澈的溪水里，一动不动地呆着。因为溪水澄净，从我站着的地方，可以清楚地看见他那宽扁的小脑袋，愚钝的大眼珠，还有一对可爱的触须。

他在打着哈欠，瞧他那裂开的嘴唇，因为刚刚的那阵骚乱，还在喘着粗气哩！

然而，这家伙还是不肯接受教训。

还是刚才的那个鱼饵，我重又将钓线扔进水里。

很快，这个傻傻的家伙又上钩了。

哎，难道你这是要看看我们俩到底谁先放弃不成？

看他几次挣扎的样子，显然是不想被人钓到。可是，难道没有人告诉他，今天是捕鱼开禁的第一天吗？

梭　鱼

他隐在柳树荫里，一动不动，仿佛是作案累累的强盗藏在肋间的那把匕首。

鲸

他嘴里满满的都是做束腰的材料，可你瞧他这城楼一般的腰身！多讽刺啊！

垂 钓

说起韦尔内先生，他与别的垂钓者可不一样。他不是迫于生计，也不像其他垂钓者那样对垂钓的各种技巧样样精通；他从不虚荣自夸，也从不在别人面前滔滔不绝地炫耀或细数之前的种种经历；他从不为垂钓精心准备衣裳，也不像别人那样买些昂贵而不实用的钓具。过了今晚，明天就是捕鱼开禁的日子啦，可也没见他兴奋得坐立不住，辗转难眠。

一根细绳做的钓线，一个漆色毫不张扬的浮子，自家花园里挖出的虫子做的鱼饵，还有一个麻袋——用来盛放钓来的战利品。这些便是韦尔内先生所有的垂钓装备了。

虽说装备是简易了些，可是韦尔内先生确实是很爱垂钓的。要说疯狂地喜欢的话，那是有些夸张了。可是，他确实喜欢钓鱼这项活动。因为种种的原因，他逐渐放弃了很多喜欢的东西，现在唯一乐在其中的只剩下垂钓了。

捕鱼开禁的日子如期来临，韦尔内先生差不多每天都要去钓上一竿。有时候染着清晨和煦的阳光，有时候沐着傍晚有些暖意的落照，而且几乎都在同样的地点，抛竿，收竿。

别的垂钓者都说垂钓要看风的方向，看风的劲头，还要看阳光的温度，看溪水的起伏波动等等。

然而,韦尔内先生什么都不以为意。心情舒畅的时候,他便决定出门。手里拿着根榛木鱼竿,沿着约纳河散漫地走着。等到不想继续往前走了的时候,便停下来,就是这儿了。他解开缠着的钓线,将它抛向水中,就这样,在钓竿末端的起起落落间,仿佛不见了岁月的跌宕。他就这样,隐在这个清幽的世界里,度过一段迷人的时光,直到肚子咕噜作响,才知道到点回家吃午饭或晚饭了。

有些垂钓的人,午饭或晚饭就在野外随随便便地对付过去,可韦尔内先生绝没有那么疯狂。他不喜欢野外吃饭的感觉,到时候了,他会回家舒舒服服地吃上一顿。

那是上个星期天的早上,天边刚露出一点熹微的晨光,他便拿着钓竿出门了。他不自觉地加快步伐,因为今天是捕鱼开禁的第一天。他今儿可没带平日里老带着的那把折叠椅,所以就拣了块河边的草丛,坐定下来。

即便是这样不舒服地坐着,很快他还是感觉到心底升腾出一种欣喜来。阳光疏疏落落地洒在肩头,他觉得一切都那样的美好。这美好的感觉不仅仅因为在做着自己喜欢的事,还有野外那含着花草清香的气息,约纳河上的粼粼波光,一切都让他沉醉。看着长腿的蚊子,轻轻地掠过水面,留下一圈一圈的涟漪;听着不知疲倦的蛐蛐,在身后的草丛里,尽情地唱着动人的旋律,一切都是那么的迷人。

当然,除花草的清香、粼粼的波光之外,还有他最爱的垂钓——一样的迷人,一样的让人爱不释手。

不久,他钓到了一条鱼。

这对韦尔内先生来说，已经算不上什么值得炫耀的事了。比这条鱼大许多的，他之前都钓过。不像别的垂钓者那般对鱼群步步紧逼，韦尔内先生可是云淡风轻的，放任着鱼群在水中游弋，无所谓有没有收获。然而，要是有鱼死咬住钓钩不放的话，韦尔内先生就不得不把他拉出水面。而且每每这个时候，他总是有些激动，因为你瞧，他换鱼饵的手在轻微地颤抖着呢！

韦尔内先生取下鮈鱼，先将他放在草丛里。他还没来得及说："什么？就是一条鮈鱼嘛！"便有几只大鮈鱼疯狂地咬着钓钩上的蚯蚓，韦尔内先生的心也跟着怦怦地跳着，仿佛是打满灯光的舞台上，他一个人上演着人生的悲欢离合。

好不容易平静下来，韦尔内先生重又将那钓钩掷进水里。他没有把刚钓上的鮈鱼放进麻袋，不知为什么（究竟什么原因，他问自己的心，到最后还是没理清），他盯着鮈鱼看了好一会儿。

第一次，他将刚钓上来的鮈鱼看了个仔细！和往常一样，他很快地将钓线重新抛向水中，瞧，鱼饵附近顷刻间便围上来一大群鱼。

他先是饶有兴致地盯着这条鮈鱼，接着神情里有些惊讶，跟着，一丝忧虑从眸间闪过。只见他在苦苦挣扎之后，很快便没了力气，侧身躺在草丛里，一动也不动了。他整个儿仿佛都没了生命的迹象，唯有那腮帮，一张一翕地，费力地呼吸着空气。

小鮈鱼再也支持不住他的鱼鳍，倒了下来，贴到了脊背上。他的嘴一张一合，艰难地呼吸着最后的空气。下颌的两根触须，仿佛小胡子一般，软塌塌地耷拉在草地上。慢慢地，他的呼吸变得愈加困难，每一次呼吸之后，上下颌要好久才能重新合上。

“多么荒谬啊！就这样，我看着它窒息而死！”韦尔内先生喃喃自语道。

他嘴里咕哝着：“他该有多痛苦啊！”

他之前从未想过这一点，如今冷不防地撞入心间，竟清晰地愈发残忍起来。原来，鱼儿们将死之时，苟延残喘之际，经受着这么大的痛苦和煎熬啊！在这之前，人们不知道他们将死之时的痛楚，因为他们从没开口对我们讲过。可是他们只能这样缄默着，空有一张嘴，却吐不出半个字来，唯有将死之时，才用挣扎的姿态，告诉我们他们将死的痛楚。因为窒息的缘故，小鮈鱼舒展着身子，不明就里的人，还以为他在玩耍呢！

和韦尔内先生一样，那些懂得鱼儿将死之时痛楚的人，只是在某个时刻偶然地把他们观察了一番。世上的事情多半如此：当你不去想一件事情的时候，它就不重要，可是当你真的去想的时候，它也就烙在心头了。

韦尔内先生自言自语道：“我知道，我的世界崩塌了。我不断地询问自己，我做得对不对，我觉得快要找到那个答案了。此刻我才知道，逻辑是那样的苍白无力，不堪一击。因为害怕遭人讥笑，所以选择随波逐流；别人打猎，我也跟着打猎；别人捕鱼，我也跟着捕鱼！有一天，不记得是哪天了，只知道是狩猎季节的一天，我开枪，打了一只猎物，之后我问自己：‘我有什么权利这样做？’如今回想起来，问题的答案不言而喻。折了山鹑的翅膀或是断了野兔的腿脚，不管怎样，人们很快会发现，这些都是多么的残忍，多么的令人生厌！今晚回家，我就把那把猎枪给封起来，从今以后不再有杀戮。虽说捕鱼不像狩猎那般赤裸裸的血腥，然而方才鮈鱼挣扎的情景为何久久缠绕脑海，让我心有余悸。”

正自说自话的当儿，韦尔内先生瞥见，钓线末端的浮子，一起一落地在水面游走着，好像活了一般充满着朝气，又像是进行着殊死搏斗似的浮浮沉沉。

下意识地，他又一次地抽回了钓线。是一条鲈鱼哩！浑身刺拉拉的，和所有的鲈鱼一样，性子贪婪，瞧，他把钓钩径直吞进了肚子。要取下他，一不小心就会拽下些肉，或是扯到他腮帮里的那些红色花状物，末了，我的双手还是沾满了他的血。

天哪！瞧那儿，他在流血！他在向我诉说着他的痛楚！

韦尔内先生缠起钓线，将奄奄一息的小鮈鱼与小鲈鱼藏在柳树脚下。或许有只水獭在柳树底发现了他们，将他们带了回去。

跟着，他往回走去，一副轻松惬意的样子，一边走，一边在想着回去作何交代。

“我空手而归，没有理由啊，”韦尔内先生又喃喃自语道，“在狩猎的季节，虽说家里有钱去肉铺买肉，我们还是会吃打回来的野味。我知道，那是为了饱腹，不是为了体验猎杀的快感。可是，今儿，要是我拎回去几条又干又僵的小鱼，我的太太该怎样笑我呢？我都有些不好意思要她把鱼下油锅了，那拎回的鱼只能做猫的盛宴了。可是，如果猫想吃鱼的话，它自己会抓呀，干嘛用我呢！那么，我何不就此折断钓竿，金盆洗手！”

然而，当韦尔内先生将折断的钓竿最后握在手中时，他略带伤感地喃喃自语道：

“世间的事情，是否看得清楚之后，就意味着你将失去一些生命的乐趣？”

园子里

牝鹿:努力工作吧！坚持梦想吧！

镬头:我就是这样一路走来的呢！

花儿们:今儿会是个晴天么？

向日葵:当然啦,如果我愿意,它就是个晴天。

喷水壶:打扰一下,我能插一句话么？这晴天下雨,可是随我心情哩！如果我想让它下雨,它就会下雨。而且如果我把莲蓬头拔掉的话,那将是倾盆大雨哩！

蔷薇:啊,啊,啊……好大的风啊！

花架:不要怕,有我啊。

覆盆子:为什么玫瑰有刺呢？人们又没要吃它。

池里的鲤鱼:说得在理啊！就是因为人们要吃我,我才用鱼刺扎他们哩！

蓟草:对是对,可是那时已经太晚了。

玫瑰:你觉得我漂亮么？

黄蜂:漂亮是漂亮,可还没人进到你心底看看哩!

玫瑰:那进来吧。

蜜蜂:打起精神呀!人人都说我勤劳肯干哩!我得继续加油啊!我还盼着这个月底能爬到推销部主任的位置呢!

紫罗兰:我们可都佩戴着法兰西军团勋章哩!

白色紫罗兰:所以啊,我的姐妹们,以后就更得谦恭对人啊。

青葱:对呀,你们何时见我炫耀来着?

菠菜:我是野菠菜哩!

野菠菜:你哪是呀,我才是野菠菜哩!

小分葱:啊!这什么味儿啊?臭死了!

大蒜:我猜,这铁定是石竹那群家伙!

芦笋:我的小手指可把什么都告诉我了。

马铃薯:我怎么觉得我像刚生了孩子似的。

苹果树跟对面的梨树说:你那梨子,才是我想长的啊。

虞美人

他们伫立在麦田里,仿佛成列成列的有些瘦弱的士兵。一阵风后,他们此起彼伏地唱着激昂的军歌。他们红得是那样的好看。这种美,是静谧的美,是温柔的美,不冷峻,不咄咄逼人。

他们的剑,便是那麦穗!

一阵风后,他们仿佛流云般飞舞着、奔跑着。借着这风,他们凑到田埂边,与他们的同乡矢车菊聊起天来。不知不觉,夕阳的余晖一点点隐去,天色便幽暗了下来。

葡萄园

一根根葡萄藤，倚着藤架，仿佛荷枪实弹的士兵一般，寂然耸立着。

他们究竟在等着什么呢？是今年的葡萄吗？可是，照这个样子，怕是又长不成哩！那么，这葡萄叶子也就是个装饰，不让葡萄藤看着光秃秃的罢了。

蝙　蝠

夜,用得多了,也就残烂不堪了。

上边缀满星星的那一片,仍是新簇簇的,一点也没烂。可下边却宛如曳地的裙脚一般,拖过树隙与石缝,曳过肮脏的坑道还有潮湿的地窖,渐渐地,千疮百孔了。

仿佛地上没有一个角落,是这黑夜的帷幕所穿透不了的。

于是,荆棘奋力将这偌大的帷幕刮破,冰霜也来助阵,将这夜幕冻得皲裂,烂泥也赶着趟儿,拽着夜的裙裾,抹得满是泥浆。

因此,每到傍晚夜幕低垂的时候,千疮百孔的幕布便纷纷扬扬地散落下来,随意地挂在天边的某个地方。

因为这残缺的夜幕,也就有了蝙蝠。

正因为她们生于这黑夜,所以才受不了白日的光明。

夕阳落到山那边了,我们搬了把藤椅,坐在门前乘凉。这时,几只蝙蝠像是刚从梦里醒来,昏昏沉沉地松开那两只倒挂的爪,从古老的房梁上飞了下来。她们歪歪斜斜地飞着,着实让我们有些心惊胆战。她们扇动着那蝠骨撑着的光秃秃的翅膀,绕着我们打着转儿。飞翔的时候,多是借着耳朵辨别着方向,很少用她们那伤残的、显得有些无用的眼睛。

见她们朝着我们冲过来,我的朋友赶紧拿手掩住了脸,我也别过脑袋,因为我们都怕被这看着邋里邋遢的家伙给撞到哩!

大家都说,她们会近乎狂热地吸食人们的血,直至人们死去。这样的狂热,简直比我们人类的爱情还要灼热个百倍。

这可是人们夸张了。

其实她们并不凶残,也绝不会对我们造成伤害。

她们只是黑夜的女儿,仅仅厌恶着光明罢了。瞧,她们罩着那丧服般的黑色小披肩,轻轻地掠过夜的帷幕,寻找着蜡烛的光亮,然后一盏盏地吹灭。

没有鸟儿的笼子

菲利克斯思来想去，末了，还是没弄明白，人们为什么要把鸟儿像囚犯似的关在笼子里。

“人们都知道，摘花是一桩罪恶。”他说，“我呀，老想去嗅嗅那生在茎上的花儿。一旦折了下来，花的精魂也便没了，就是再嗅，也是枯萎了的感觉。同样的道理，鸟儿们生来就是要在天空中飞翔的，一旦被困在笼里，也就没了生气。”

他虽这样说，可有天竟买了只鸟笼回来，并把它悬在窗前。他把一个棉絮做的窝放了进去，又在笼子里放了个盛满谷粒的茶碟，另外还有一杯清水，他还不定期地换水。这还不够，他还在鸟笼里安了一个秋千架和一面小镜子。

菲利克斯这样做，人们很是费解。终于有一天，一个人按捺不住好奇，向他询问此事，他回答说：

“每当我看到这空着的鸟笼时，我就为自己拥有如此宽大的胸怀而欣慰。原本，我可以放一只鸟儿进去的，可我却让它空着。你想，如果我愿意的话，那么，一只栗色的画眉，或是一只蹦来跳去的美丽的雀儿，或是大千世界里的任何一只鸟儿都可以困在这里面，成为我的奴隶。可是，我却不愿。想着因为我的缘故，在这个世界上，至少有一只鸟儿是自由自在的，一种欣慰的感觉便油然而生。所以呀，你们才看到这鸟笼终年空着哩。”

金丝雀

我是脑袋被门夹了，居然买了这么一只不识趣的鸟儿！

我记得，卖鸟的那人对我说："这是一只公的金丝雀。过一个星期，等他熟了，不惧生了，他就会唱歌哩！"可是这鸟儿，打他买回来起，就没出过一声，更别说唱歌了，而且尽是干些颠倒的事儿。

我刚往它那平底杯里装满谷粒，他便拿嘴尖挠来挠去，把谷粒撒得到处都是。

我用细线系了一块饼干，悬在两根栅栏之间。可是这家伙，不去啄那饼干，却反过来吃这细线。他像一个小锤子似的，又是推，又是敲，细线可架不住他的这般胡闹，很快，饼干便掉在了地上。

我给他备了两小碗水，一碗是净水，给他喝的，另一碗是洗澡水。他倒好，跑到了喝的净水里洗澡，却去饮那浴钵里的水。而且走到哪儿，就在哪儿拉屎。

给他干瘪的面包块，他还以为是他同类的鸟儿做巢用的泥块，于是不假思索地蹲了上去。

扔些生菜叶子，他也不知道干嘛用，只管随意地撕扯着玩！

当他真的饿极了，就什么也不顾了，啄起整个谷粒就往肚里咽。看着他那咽不进去吐不出来的样子,每次我都忍俊不禁。就那一颗谷粒,他放在嘴边,左翻翻右转转,又是压来又是挤,小脑瓜还频频地扭动着,就像掉光了牙的小老头似的。

给他的那块方糖,到头来,他也没能弄清楚是用来干嘛的。究竟是什么呢?是一块凸起的石块吗?可是主人放石块干嘛?还是露台,或者桌子?总之,看着好像不怎么实用的样子。

反而给他放的两截木头,倒是中了他的意。这两段木头交叉着,叠放在一起。每当看到他从一根木头跳到另一根上时,我就生出许多厌恶来。他的样子,就像坏掉了的摆钟,指针机械地在两个数字之间摆动着。天下怎么会有这么蠢的鸟儿?他这样跳来跳去,有什么乐趣可言呢?还是说因为某种需要,他才机械地重复着这样的动作?

我站在那儿,蹙着眉头,无限愁闷地看他做完了那套体操,接着他便停在其中一根杆上歇息。就连在休憩的时候,他还是一爪紧抓着杆子,另一爪毫无意义地摩挲着同一根杆。

冬天到了,天转冷了,人们开始生起了火炉,暖洋洋的,他便以为是春天来了哩!以为到了换毛的季节,于是,抖着身上的毛,掉得四下里都是。

那日,我捻亮的油灯,惊了他的黑夜,搅了他的清梦。循着往日的惯例,天色一暗他便早早睡下。我且听任着黑夜在他周围堆成浓得化不开的雾霭。瞧他沉沉睡去的样子,也许是在做着美梦哩!

蓦地,我将油灯凑近鸟笼,他吃了一惊,猛地张开眼睛。什么?不会天已经亮了吧?跟着,他又重新开始了白天的活动,这边蹦蹦，那里跳跳，把一根生菜叶啄得尽是小洞。尾巴的羽毛扑棱着，仿佛一把打开的羽扇；翅膀也大展着，那架势，俨然要跟谁决一死战似的。

罢了，我还是吹灭灯吧。他那惊惶的样子，虽引得我发笑，可这样惊扰他，我还是有些过意不去的。

很快，我厌恶透了这只把日子过得颠三倒四的哑鸟儿，索性就把他从窗口了放出去……这只傻鸟啊，只懂得笼子里的自由，如今放到广阔的天地里，却不知道该怎样支配这偌大的自由了。迟早有一天，他还是会被人抓去哩！

上帝啊！可千万别让抓到他的那人再将他送还与我。

否则，我不但不会感激，反而还将昧着心坚称不认得这鸟儿。

燕 雀

草仓屋顶的尽头，站着一只燕雀，扯着清脆的歌喉，唱着先辈传下的旋律。他唱唱歇歇，直到白昼褪去最后一抹光辉，夜幕悄然降临大地。因为看得久了，我的眼前变得模糊起来，在那偌大的屋顶，竟觅不见燕雀的踪迹了。在他那清朗的歌声里，石头、牧草、屋梁以及瓦片，所有的一切，仿佛都在飞奔逃窜着。

或者，不是燕雀，是那草仓自己，在这日暮的黄昏里，哼着轻柔的旋律，惊了屋瓦，扰了岁月。

金翅雀的巢

从前，有只金翅雀在我们家樱桃树的一个杈枝上筑了个巢。圆圆的，看着很精致、很漂亮。巢的外围是用远处衔来的马鬃还有碎布编制而成的，里头则是绒毛做的衬，给人一种很温暖的感觉。踮起脚尖，伸长脖子，瞧，绒毛底下还藏着四只刚孵出的鸟宝宝呢！我不禁对父亲说道："瞧，这些鸟宝宝多可爱啊！好想把他们带回家自己喂！"

父亲之前曾不止一次地把我抱在膝头，语重心长地告诉我，把鸟困在鸟笼里同摘花一样，是种罪过。他说鸟儿生来就应该在天空下自由自在地飞翔，而不是困在鸟笼里成为人类的奴隶。

可是这次，他却没有说什么，想必是厌倦了重复同样的话吧。

过了几天，我带着我的想法去见父亲，我对他说："爸爸，这有什么难的？我先把鸟巢放进笼子里，再把笼子挂在樱桃树上，这样一来，鸟妈妈就可以从笼子的栅栏边喂他的小鸟了。等到小鸟长大，不需要妈妈了，那就好啦！"

父亲听完我的这个想法，没说同意，也没说不同意，便走掉了。

因为父亲也没反对，我便放胆去做了。把鸟巢放进笼里，再把笼子悬在樱桃树上，果不其然，我预想的事情发生了：老金翅雀们衔着满嘴的小青虫,没有丝毫迟疑地往笼子边飞来;笼子里,她的小鸟们正伸长着脖子张望着呢!

父亲站在远处,看着这一幕,跟我一样高兴。望着她们在夕阳的余晖里来来回回地奔忙着,金色的阳光下,交织着红似鲜血、黄似硫磺的飞翔。

一天晚上,我说道:“这些小家伙也都长大了。哪天一个不小心,她们就会飞走哩!我呀,打算今天让她们一家最后团聚下,明天我就把笼子拿到屋里,挂在我的窗前。我敢打包票,这世上再没有哪只金翅雀,能得到比她们更好的照料!”

父亲听了之后,也没说什么反驳我。

翌日,我去看鸟儿们,发现鸟笼空了。父亲站在旁边,看着我一脸惊愕的样子。

“我可不是打破沙锅问到底的人,”我说,“可是,我就是想弄明白,到底是哪个混蛋家伙把鸟笼的门打开的?”

黄　鹂

“快把这颗樱桃吐还给我！快点！”我对她说道。

“好的，主人。”小黄鹂回答道。

她吐还了樱桃，可是连同那颗樱桃，还有她每年吞下的三十万只害虫的幼虫也一并吐还了。

小麻雀

闲来无事，我便搬了把藤椅，坐在园子里的榛树下打发时日。微风吹过，叶子沙沙作响，像是在跳着欢快的舞蹈，欢迎鸟儿、虫儿前来做客。于是，鸟儿虫儿也赶着趟儿，和着柔美的旋律唱出动听的歌曲。

每当我们走近这棵榛树时，他总是静默无语地立着；可是当他以为我们走了的时候，他便立马变得活跃起来。嘿，被我们骗了吧，其实我们没走，只是故意跟他一样静默罢了。

这时，一只金翅雀飞了过来。她在榛树叶的罅隙里穿来穿去，啄了几下叶子，跟着就飞走了。这家伙，竟丝毫没有留意到，树下还坐着个我哩！末了，又来了一只麻雀，落到了我正上方的枝头上。

虽说她看着很结实的样子，可我只消瞥上一眼，就知道她尚且年幼。她的爪儿紧紧地抓住枝条，动也不动一下，一定是长途旅行把她累坏了。她啾啾地啼叫着，歌喉仿佛溪水般清脆婉转……

她看不见我，所以我才趁着这当儿把她仔细地打量了个遍。久了，坐得有些僵了，我便起来动了动。嗬，这家伙，我在下边伸着胳膊，晃着腿，她也丝毫没被惊到，只是懒懒地张开翅膀，然后重又慢慢地合了下去。

像是被某种莫名的原因攫住似的,我蓦地站直了身,前伸着手臂,轻声呼唤着那只雀儿。

谁知,那雀儿竟歪斜着从休憩的枝头飞下来,落到了我的手指上!

我激动的心情,就好比一个人发现了他身上隐藏多年的魔法,或是一个爱幻想的青年对人群里的一个陌生女子微笑,而那女子竟同样地在对他微笑。

这毫无戒心的小家伙,扑扇了一会儿翅膀,才在我的指尖站稳了脚。嘴巴大张着,像是饿了。

我打算让我的家人看看,顺便记录下他们惊讶的样子。这时,我们家的小邻居拉乌尔跑了过来,好像是在找着什么东西。

"啊!先生,她是您逮到的吗?"他指了指我指尖的雀儿,向我问道。

"当然啦,小朋友。我可是逮鸟的高手哩!"

"早上她从笼子里逃走了,"拉乌尔接着说道,"我找了她整个早上。"

"这么说,她是你的?"

"是的,先生。我养了她有一周了。她才刚刚学会飞远,不过她还是很乖很听话的。"

"拉乌尔,你的麻雀给你,不过,以后再不能让她逃了。一旦被我逮到了,我会掐断她的脖子,因为她让我很不舒服。"

燕　子

一

以迅雷不及掩耳之势，从头顶掠过，散落点点的啾鸣也罢；

或是排着队列，在天空划着一道直线，偶尔在收尾的地方打个逗点，不过顷刻间，重又回到直线也罢；

又或是调皮了起来，将我住的屋子括进一个个数也数不清的括弧里也罢；

总之，她们每天都来给我上课。

倏忽间，从地窖飞上了阁楼，如此的迅疾，连花园里的池水都没来得及影印下她们飞翔的姿态。

有时，将她们那轻柔的翅膀作笔，东拐西扭地乱画着谁也描摹不来的涂鸦。

就这样，她们两两抱着、聚集着、骚动着，给洗练过一般的碧空，染上了斑斑墨迹，仿佛一幅古老的东方水墨画。

就算我那位好朋友把眼睛骨碌碌转得飞快，也只能勉强追得上她们。不过，如果在座的你们懂希腊文和拉丁文，那我倒可以给你们读读烟囱上的燕子在空中画的希伯来文字。

金翅雀："我发觉燕子这家伙真够笨的，她们居然都能把烟囱错当成树!”

蝙蝠:“我们俩,说也是白说。就我看来,燕子怕是我们这伙里飞得最糟糕的一个了。这大白天的,她竟然飞错了路。如果像我一样在夜里飞行的话,那她岂不是天天都有丧命的危险!

二

傍晚的时候,我站在高高的阁楼上,看着眼底十几只燕子交错着飞翔。她们有些神色匆匆,仿佛有什么不祥的事情即将发生;有些则格外平静,只是静默地在天空滑翔,向着夕阳,投下自己最后的辉煌。在这个不比鸟舍大的天空的一角,她们尽情地,几乎狂乱地飞翔着。她们仿佛是赶时间的纺织女工一般,匆忙地为天空编织华美的衣裳。

如此的狂乱,她们是要在这片被划得满目疮痍的天空寻找什么吗?还是想找一个落脚的地方?或者,她们是来向我告别的?我呆立在那里,任凭习习的凉风吹拂着我的脸颊。我害怕着,同时也期待着——一次碰撞。这些家伙,如此狂乱地交错着,说不准哪两个就撞上了,跌落到了地上。可是,骤然间,凭着那无可匹敌的灵巧劲儿,她们消失得无影无踪。我惧怕的或者说我期待的碰撞一次也没发生。

喜　鹊

他的衣上，老是留着点儿去年冬天的残雪。

他双脚并拢，欢快地在地上蹦来跳去，接着，僵直着身子朝着一棵树径直飞去。

有时候错过了靶心，他便只好落在邻近的树上。

平庸俗气，遭人鄙夷，他们仿佛是不死似的；从清晨到日暮，身着燕尾服，喋喋不休地讲述着家长里短邻里琐屑的事儿。这聒噪至极的鸟儿哪，可是我们法兰西最具风情的鸟儿！

喜鹊：嘎喳，嘎喳，嘎喳……

青蛙：这个臭婆娘，到底在瞎喊着什么？

喜鹊：我可不是在喊，我在唱歌哩！

青蛙：切，你还唱歌哩！

鼹鼠：嘿，上头的家伙，安静点儿，人家还要在下面干活呢！

乌　鸫

我的花园里长着一棵即将枯死的老核桃树。小鸟瞧见他青筋突起、老态龙钟的样子，都不敢靠近，只有一只黑色的鸟儿，从不嫌恶，栖息在他最后的残叶里。

可是，老核桃树的周围尽是开着繁花的年轻的树。各色羽翼的鸟儿也争先恐后地在那年轻的树上筑巢，叽叽喳喳的，好不活泼热闹！

不仅如此，年轻的树似乎还在嘲弄着老核桃树。每隔一会儿，就将聒噪的鸟儿向他掷去，仿佛一连串谩骂的词句。

跟着，麻雀、椋鸟、山雀、燕雀，轮番地登场，折磨着老核桃树。他们用翅膀扑打他的枝条末梢，周遭的空气，也因他们细碎的啾啾声而噼啪作响。一阵喧腾之后，他们散去，可是从年轻的树上，又飞来了一帮新的讨厌的家伙。

他们唧唧喳喳地叫着，时而打着唿哨，时而声嘶力竭地啼鸣，一点也没把老核桃树放在眼里。

就这样，从黎明到黄昏，燕雀、山雀、椋鸟和麻雀，像嘲弄的字句似的，从年轻的树飞向老核桃树。

可是，偶尔老核桃树也会变得不耐烦，摇动着他最后的残叶，放出他自家的黑鸟,闷声地喊着:“乌鸫!”

松鸦:老是一身黑,这讨厌的乌鸫!

乌鸫:区长先生呀,还望你见谅,我可就只有这身衣裳!

鹦　鹉

倘使能回到鸟儿还不会说话的年代，那也不错！你瞧现在，什么笨鸟都来卖弄才艺！

云　雀

一

我从没见过云雀。为了一睹他绰约的风姿，我常在晨曦时起身，但每一次的努力都白费了。云雀可不是地上的凡鸟。

清晨，我踏着芳香的泥土和满地的枯草，悠然地向林间走去。

在那荆棘缠绕的篱笆上，有时歇着一群灰色的麻雀，有时来了几只色彩艳丽的金翅雀。他们在篱笆上闲逛着，打发着大把大把的时光。

松鸦则身着官服，来来回回地在林间飞着，检阅着他的领地。

这时，不知打哪儿来了一只鹌鹑，低低地掠过成片的苜蓿园，划过一道笔直的黑线。

成群的绵羊散漫地跟在牧羊人的后头，瞧，他们长得多像啊，个个都像是天上的云朵。这个牧羊人，纺的毛线比女人纺的还好哩！

一切都浸润在这初生的阳光里，就连预示着不祥的乌鸦，此时也让人心情舒畅。

听，学我的样儿，你听。

听到了吗？在那很高很高的地方，像是有人在金子做的高脚杯里捣着一颗一颗水晶。

谁能告诉我，这云雀在哪里歌唱啊？

若我抬头仰望天空，太阳会灼伤我的眼睛。

我还是死了这份心的好！

云雀不是地上的鸟儿，他生在天上。他的歌声便是天籁，透过重重的迷雾和阳光，穿过高耸的山峰和幽深的山岫，萦绕在我们的耳边。

二

他重重地下落着，昏头昏脑，仿佛一摊烂泥。就在刚刚，他还迎着太阳，一次又一次，努力地飞向太阳的眼睛！

翠　鸟

今晚，鱼虽没有上钩，可我却带回了一份久违的欣喜。

我坐在溪边，端着钓竿，百无聊赖地等着鱼儿上钩。这时，一只翠鸟飞了过来，停在了钓竿上头。

我可从来没见过比她更绚丽的鸟儿呢！

在那细长的钓竿末梢，仿佛盛开着一朵蓝色的大花，稍显钝重，将钓竿压得有些弯曲。我坐在那里，屏住呼吸，生怕吓跑了这位难得的访客。她竟然把我的钓竿当成了树，想到此，莫名的自豪就洋洋地溢满心间。

后来，她还是飞走了。但是我知道，那不是因为害怕，而是因为她以为那只是从一个枝头飞到另一个枝头罢了。

老 鹰

他在村子的上空滑翔着，用身体的弧线，画着一个又一个大大的圆圈。

起初，他看着只有煤屑般大小，就像靶心的那个黑点。

渐渐地，画的圆圈愈来愈小，他的轮廓也跟着愈来愈清晰。

有时，他展开双翼滞在空中，睥睨身下万物。地上的家禽，瞧见了他，变得惊惶不安起来。鸽子放弃了天空，飞回了屋顶；母鸡凄厉的一声叫，小鸡们便飞也似的归了巢；鹅好似警戒人员，从这边院子到那边院子，“嘎嘎”地叫个没休没止。

鹰显得有些迟疑，久久地盘旋在半空。难道他盯上了钟楼上的那只铁公鸡不成？

他简直就像被一根线吊在半空中似的。

蓦地，线断了，鹰径直冲了下来，像是瞄准了地上的猎物。一场悲剧眼见就要发生。

然而，出乎所有人的意料，就在即将着地的时候，他忽地收住了，仿佛失重了一般，跟着猛扑一下翅膀，旋又飞向了空中。

他是因为看到了我，倚在门口静静地窥伺着他的动静，身后还藏着把长而闪亮的家伙，这才不敢下来的。

鹡　鸰

他在我们双腿间来回奔跑着，那样子与其说在跑，不如说在飞哩！他时而亲昵地蹭蹭我们的裤脚；时而呢喃地哼着小曲，引得我们跟着他满院子地跑。

松　鸦

那一片片的田野，可是他说了算的！

乌　鸦

一

仿佛田埂上的音符似的。

二

嘎！嘎！嘎！①

什么也没有啊！

三

一群乌鸦划过如洗的碧空，一丝痕迹也没留下。蓦地，带头的乌鸦慢了下来，在蓝天下画了一个大圈儿。这时，跟在他身后的乌鸦们也掉转了方向，学着他的样子，画起圈儿来。

为了驱散长途旅行的厌倦，他们端着身姿在碧空下优雅地跳着小步圆舞。那伸展的翅膀仿佛舞裙的褶皱似的，飘在阳光里，忽明忽暗。

不多久，一只乌鸦凌厉的叫声划破了天空的宁静。他不知在

① 法文 quoi，意为“什么”，此处一词双关，既指乌鸦的啼叫声，又像是乌鸦在焦急地询问着“什么”。

向哪个鸟儿报着危险的讯号！

我端起猎枪，打下了那只乌鸦。

好家伙，他可没报错消息哩！

鹧　鸪

农夫和鹧鸪，他们相安无事，与世无争。农夫整日跟在犁铧后头，鹧鸪则栖息在近处的苜蓿田里，隔着不远的距离，谁也不妨碍谁，就这样过着恬静的日子。鹧鸪听得出农夫的声音，所以即便他高声地吆喝或者厉声地咒骂着什么，他也从不害怕。

犁子轧轧作响，牛儿噗噗地喘着粗气，或是驴儿嘶哑地叫唤，他是多么地熟悉这些声音，所以一点儿也不觉得害怕。

就这样，从清晨到日暮，从春夏到秋冬，日子恬静地过着，直到有一天，我打破了他们的宁静。

因为我来了，鹧鸪便飞走了。农夫也显得不安起来，还有那拉犁的牛和驴，神色也有些惊惶。我对着田野放了一枪，轰隆的声音将眼前的宁静祥和整个打破了。

我打着唿哨，惊起了麦茬地里的鹧鸪，跟着撩起了苜蓿田里的、草地上的、树篱边的、森林里的，还有……

突然，我停住了脚步，浑身是汗，大声嚷道：

"啊！你们这些天杀的家伙，害我跑出了一身的汗！"

远远瞥见草地中央的大树根旁好像有什么东西。

我步履轻快地走近树篱，倚在上面偷偷地观察着。

凝神望去，隐隐地觉得那树荫下似乎竖着一只鸟的颈儿，我的心跳立马快了起来。除了鹧鸪外，这里的草地上，还能有什么呢？一定是老鹧鸪听到了我的脚步声，循着往日的判断，觉得有紧急情况，赶紧示意她的小崽子们伏下身去。她也压低身子，唯有脖子直直挺着，谨慎地听着周遭的动静，防范着我的偷袭。然而，我还是有些迟疑，不敢确定，因为那脖子挺在那里，动也不动。就怕弄错了，误打了树根。

这里一点，那边一处，在那树根的周围，尽是斑斑的黄点，又像鹧鸪，又像泥块。最终，我的眼睛都盯花了。

要是我打个唿哨，把他们惊起，等他们飞起来的时候再开枪，那树枝肯定会碍我事的。我还不如趁着他们伏在地上，打他们个措手不及——那些所谓正派的猎人管这一行为叫做“暗杀”。暂且让我的良心见鬼去吧！

可是，那好像鹧鸪脖子的东西，老是挺在那里，一动不动，着实让我有些恼火。

我仍旧倚在篱笆上，窥伺着。

如果这的确是鹧鸪的话，那么我还真得佩服她的镇定自若与警醒果敢。还有那些小家伙们，这么听话，一动也不动，真是继承了母亲的优良品质啊！

我转而使起了佯装战术，将身子整个藏在篱笆丛后面，故意不朝那边看。因为如果我望着树根那边的她，她也会看见篱笆这边的我。

此刻，大家谁也看不见谁了，空气中是死一般的沉寂。

不久之后，我重又小心翼翼地探头看过去。

嗬，好家伙，这回我可算逮到你的狐狸尾巴了！这只老鹧鸪想必是以为我走了，伸长了脖子打探。当我看过来的时候，她正窸窸窣窣地将脖子缩回来呢！可被我逮了个正着！

我慢慢地端起枪，把枪托抵在肩胛上……

晚上回到家，饱餐一顿之后，觉得身子有些乏，便上床睡了。我躺在黑暗里辗转难眠，想着白日里被我满世界驱赶的鹧鸪，他们该怎样度过这漫漫黑夜？带着这样的煎熬，我沉入了杂着青草味儿还有鸟雀四下惊慌逃窜的恍惚梦境中。

他们此刻肯定是疯了似的惊惶着。

怎么大伙儿还没来齐呢？平日里这个点儿大家早回来了！

怎么归来的队伍里，有的鹧鸪在低声地呻吟着，有的在轻轻地舔着自己的伤口，一副站立不稳、昏昏欲倒的样子？

为什么这些受伤的家伙把大伙儿的心都给搅乱了？

好不容易他们才安下心来，这时，放哨的鹧鸪又发出警报，他们不得不再次离开栖息的那片草丛或者麦茬地。

他们只能疯狂地逃窜，就连往日习惯了的声响也让他们胆战心惊。

他们再也无心嬉戏追逐打闹，成日成夜地不吃不喝，不眠也不休。

他们想不明白为什么一切都变得这么陌生？为什么以前那无忧无虑、恬淡舒适的日子一去不复返了呢？

作为猎人，我自认为算得上优秀。倘使被我打伤的鹧鸪掉下一根羽毛，无意间别在我的帽檐上，我也不觉得这是对我的赞美。

倘若碰上雨水多，或者天气干，或者我的猎狗鼻子不灵，或者我的枪法很烂，又或者根本看不见鹧鸪的影儿，这时候，我便觉得自己的猎杀行为有了正当的理由。

有些鸟儿，如喜鹊、松鸦、乌鸫、画眉之类，猎人们也谨守职业道德，从不为难他们，我也如此。

可我就是喜欢跟鹧鸪作对！

他们可真是太诡谲狡猾了！

他们的小把戏多着哩，可是末了总能被人识破。还没等人走近，他便开始逃跑，可是，最后还是被抓回去，狠狠地教训了一顿。

悄悄地等猎人走过，可是还没等人家走远哩，他们就飞了出来，猎人一个转身，他们又被发现了。

想着藏在苜蓿叶深处，总该不会被发现吧，可是猎人偏偏就径直地往那苜蓿叶走去。

飞起来时，突然来个急转弯，可是谁承想，这样反而离那猎人更近了。

不飞了，改跑总行了吧。他们总比人跑得快吧，可是，傻瓜，猎人有狗呀。

被打散了，他们彼此呼唤着，可是，他们不知道，这样也叫来了猎人哩。而且，猎人就喜欢听他们歌唱呢。——行不得也哥哥！——行不得也哥哥！

这对年轻的小夫妻已经离开老鸟，单独去过他们自己的生活了。

那晚，我走过田埂边，惊起了他们。就在他们飞起的时候，翅膀紧紧地交缠着，一上一下，所以我的那一声枪响，打死了一只，同时也将另一只打落了下来。

年轻的新娘，什么也没看到，什么感觉都还没来得及萌生，就跌落到了地上，死去了；那可怜的新郎，落到了地上，奄奄一息，看着身边死去的新娘，感到自己也将慢慢地死去，死在他的爱人身边。

这一双鹧鸪啊，在同样的时间同样的地点，留下了一摊血迹、几根羽毛还有他们那可怜的爱情。

猎人啊，你的一枪可是打下了一双啊！快回去吧，将你的光辉事迹讲给你的家人听哪！

去年冬天，因为猎人的捕杀，这对年老的夫妇失去了一窝幼崽。他们白发送黑发，孤苦无依，肝肠寸断，可他们仍相爱相守着。这份相知的爱，与年轻小情侣狂热的爱相比，绝不显得黯淡。之前我每次看到他们，他们都守在一起。他们聪颖敏捷，轻易就躲过我的视线，我也从不特意追赶他们。那天，打死那一只，完全是很偶然的事情。事后，我找寻过他的伴侣，因为怜悯，不想让他活在这无爱的世界上，所以打算也一并了结了。

这边的这只，耷拉着被打折的腿。不知情的，还以为我刚才像孩子一样，绑着他的腿，虐待他哩！

那边的那只，起初还跟在大伙儿后面飞，后来，翅膀有些力不从心了，便落了下来，飘到了地上。在田间的垄沟里，他半露着脑袋，轻飘飘地快步逃走，因为后面有我的猎狗。

这边又有一只，脑袋里中了一颗枪子儿，落在了队伍后头。他昏昏然地，却铆着劲儿向着碧空飞去。飞过森林，飞过钟楼的木鸡，向着阳光，直冲进去。猎人没了他的踪迹，有些恼火。可是，这只鸟儿最后还是没能支撑住他脑袋的重量，耷拉着翅膀，箭一般地冲了下来，重重地摔到了地上，嘴尖插进了泥土。

那边又来一只,悄无声息地跌落到地上,仿佛驯狗站立时,抛向他鼻尖的一块破布。

一声枪响,只见远处又落下一只,仿佛小船似的在天空中晃荡着,而后就翻了下来。

这边一只,我都搞不清他是怎么死去的。原来,他的伤口藏在羽毛下,藏得是那样的深。

远处的那只,我紧跟着跑过去,赶紧把他的尸体塞到口袋里,生怕被人撞见,又像怕自己看到似的。

可是,眼前的这只奄奄一息,挣扎着不愿死去。我不忍他如此痛苦,便轻轻掐住了他的脖子。他在我的手指间奋力地挣扎着,跳着最后的舞蹈;嘴巴大张,纤细的雀舌颤抖着吟出绝唱;双眸微闭,映出死神的背影,一如荷马①吟诵的诗句。

那边田里干活的农夫,听到了我的枪响,抬起头来,怔怔地盯着我看。

这个劳作的人哪,他必定瞧不得我的残忍,定会走过来严厉地责备我,让我为自己的残忍感到羞愧。

可是,这不过是我的幻想而已。有时候,田里抬头的不过是个看到我打猎而嫉妒得眼睛发红、嘴里嘟嘟囔囔的乡下佬罢了;有时候,也许是个饶有兴致地看我打猎,还好心地帮我指着鹧鸪去向的老实人。

打猎的生涯里,从不曾遇见那些大自然的守卫者,从不曾有人义愤填膺地数落我打猎的种种罪恶。

---

① 荷马(Homère,约前9世纪—前8世纪),相传为古希腊的游吟诗人,生于小亚细亚,失明,创作了史诗《伊利亚特》和《奥德赛》,两者统称《荷马史诗》。

今天早上，我在田野里足足走了五个时辰，最后提了个空落落的猎袋回来了。我低着头，将那把沉甸甸的猎枪扛在肩头，没精打采地向前挪着步子。空气闷热得让人难以呼吸，我仿佛嗅到了暴风雨的味道。我的狗奔波了一个早上，身也乏了，顺着缠满荆棘的树篱，小步地走在前头；时而停下来，坐在树阴里，仿佛是在等着我赶上去。

当我正要穿过那片生机勃勃的苜蓿田的时候，突然间，狗儿伏下身去。与其说是伏下身躯，倒不如说是来个急刹车，身子冲到了地上。他稳稳地刹住，像植物般，一动不动地平趴在垄沟里，唯有尾尖上的毛随风颤动着。我笃定，在他鼻尖的不远处，一定藏着几只鹧鸪。他们在苜蓿丛中依偎着，避着风，躲着阳光，享受着久违的恬静与舒适。他们看到了我的猎狗，也看到了我，多半因为还认得我的缘故，因而吓得有些慌了，竟然连飞都忘了。

我从沮丧中恢复过来，再次充满了斗志，耐心地等着时机，以便将他们一网打尽。

我和猎狗静静地窥伺着，不想因为莽撞而惊扰了他们。

突然间，鹧鸪从苜蓿丛中一起飞了起来。

他们仍是依偎着，挤成一团。我瞄准那灰溜溜的一团，发了一枪，就像拳击手挥在对手身上那重重的一拳似的。其中一只被枪弹击中，仿佛芭蕾舞者一般，旋转着跌落下来。

我的猎狗猛扑上去，一会儿便衔着血淋淋的好似残破布片的半只鹧鸪回来了。

鹧鸪的另半只身子却不知被我的那一枪打到何处去了。

走吧！我的狗儿！我们总算不是铩羽而归了！狗儿在前头，兴奋地蹦蹦跳跳，我也洋洋得意地扭着身子。

啊！苍天啊！我这个罪人！真该有人在我屁股上撂上一个枪子儿！

丘鹬

一

四月这个季节，总是那样的迷人。夕阳刚刚落下，天际还残留着几抹玫瑰色的余晖，那歇在天边的云彩，仿佛是刚刚抵达目的地的旅人。

薄暮从大地渐渐升起，一丝一缕，将我们裹了起来。在林间狭小的空地上，父亲等着丘鹬的到来。

我站在父亲旁边，黯淡的光线里，只能看清他脸庞的轮廓。父亲比我高出许多，因而看上去就模糊不清了。狗儿歇在我们的脚跟前，看不见他，只听见他有节奏地喘着气。

画眉你呼我唤，赶着趟儿地返回林间，乌鸫迸出嗓音，嘶哑般地啼叫着。这马嘶般的鸣叫，仿佛是一道命令，让所有的鸟儿都安静下来，准备睡觉。

丘鹬很快便要从蹲伏的枯叶堆里飞起来了吧。我和父亲仍站在那里，静静地等待着。像今晚这样暖意融融的天气，他会在去平原觅食的路途中，闲耍一会儿哩！他在林间兜兜转转，寻着旅伴。从他那隐隐的叫唤声里，人们可以知道他是飞近来了或是飞远去了。他扑打着稍显沉重的羽翼，在高耸的橡树林间穿来梭去。飞行时，他那尖而长的喙低垂着，仿佛是拄着根手杖在半空中悠闲地散着步似的。

当我立在那儿静静地聆听，四下里留意的时候，父亲不知怎么的，突然开了一枪。狗儿猛地窜出去，可父亲并没去追。

“爸爸，是不是没打中呀？”我问道。

“我刚就没打，”他说，“枪在我手里，不知怎么地就走了火。”

“它就这样自己走火啦？”

“嗯。”

“啊！我知道啦！一定是碰到哪个树枝了。”

“我也不知道。”

黑暗里传来一声清脆的声响，那是父亲退下空弹壳的声音

“爸爸，你刚才到底是怎么拿枪的？”父亲不作声。

难道说父亲没明白我的问题？

“爸爸，我是说，你刚刚拿枪的时候，枪管到底是朝着哪边的？”

父亲没再回答我的问题，我也就不敢再多说什么了。

最后，我鼓足了勇气，弱弱地向他问道：

“爸爸，你有可能打到了……我们家的狗，是不是？”

“天色晚了，我们回去吧。”父亲说道。

二

傍晚，一场细雨之后，天空变得格外明净。

将近五点钟的时候，他拿上猎枪，从家里出发，来到树林。他踩着松软的枯叶，久久地徘徊在林间，直到日暮降临，黑暗将他一点点地吞噬。

猎狗在矮树丛里乱窜着。

他是嗅到了丘鹬的气息吗？

即便是猎狗成了诗人，猎人也不以为意。

仿佛是丘鹬，只听他们鸣叫了十多分钟之后，便像往常一样歇在林间树的脚下或是空地的边缘。这时，成群的画眉还有乌鸫低低地擦过覆着厚厚枯叶的那片空地，落下一声声的啾鸣。猎人的枪口慌乱地转着方向，每有细微的声响，心便"怦怦"地打起鼓来。耳边轰鸣着，眼里也起了雾，就那一瞬的事，可还是迟了一步。

今夜丘鹬不会出动了吧。

诗人啊，你不可能今夜留宿在这森林里吧！

回去吧！踩着那条近路，穿过氤氲着夜里湿气的草原，踏过鼹鼠的小土屋，回家去吧！回到那温暖的家去吧！那儿有一盏灯火等着你的归来。虽然空手而归但你无须愧疚，因为你，有只丘鹬色彩斑斓地活在这世上。

新　月

月亮里的桂树伸展着如手指般的枝儿。

太阳隐到了山的那边去了，转过身来，瞧，月亮接替了太阳，从地平线升起来了。

这个谦逊耐心的可人儿，静默着，一声不吭，只是循着太阳白日里走过的轨迹。

月亮踩着往日的点，冒出了地平线。那个揪着心，站在阴影里，等着月亮的人，看见他，一高兴，竟把要对他说的话给忘了。

大大的白色云朵仿佛白色的熊似的，缓缓地移近这好似蜂蜜蛋糕一般的满月。

充满幻想的人，坐在院落里看着月亮，久了，便心生倦意。这个长得像钟表似的家伙，却没有指针，永远别巴望着他指出时间来。

倏忽间，看月的人有些不安起来。原来，月亮带着我们的秘密，渐行渐远。在那天地相接的地方，隐隐地还能看到，月亮像耳廓似的，将落未落。

树的一家

穿过骄阳炙烤下的平原，我遇见了他们。

因为害怕喧闹的缘故，他们没有住在车水马龙的大道，而是隐居在这荒野里，邻着一泓只有鸟儿才知道的清泉。

远远地望去，他们像是森严、不可侵犯的样子。然而，当我走近，树干与树干渐次地分开。他们像是欢迎我进去，可却怀着戒备的心。在烈日下走了那么久，我终于可以停下来歇一歇，感受下这遮天蔽日的凉意。但我隐隐地感到他们那带着些许敌意的眼神。

在这阴翳的荒野角落，他们离群索居，过着其乐融融的家庭生活。上了年纪的住在中间，而那些才抽出新叶，几乎遍地都是的小家伙们，则散在周围，乖顺地依偎着长辈。

斗转星移，草木枯荣，而他们却要经历悠悠的岁月才会死去。即便是死去，他们的残骸仍立在那里，迎接风雨，直至朽落化为尘埃。

他们像盲人似的，伸展着枝条，轻轻地触碰着彼此，仿佛是在确认他们是不是都在那儿。若是狂风大作，欲将他们连根拔起，他们便愤怒地挥舞着枝条，以示反抗。

可是，你从来不会见到他们发生口角。若是听到喃喃的低语声，那也只是他们彼此之间表示赞同罢了。

我觉得他们仿佛是我的家人似的，我几乎都要忘掉另一个家了。这些树木会逐渐接纳我的，为了配得上这至高无上的光荣，我学会了作为一棵树必须懂得的东西：

我已经学会如何仰望天空的流云；

也学会了怎样呆在原地，一动不动；

而且，我差不多学会了如何静默无语。

猎季结束

这阴沉沉、凄惨惨的一天短得仿佛两头都被咬掉了一般。

将近正午的时候，阴郁的太阳才从雾缝里探出头来，半张着惨淡的眼睛，瞥向大地，跟着，重又阖上了。

我漫无目的地走着。这个季节，手里的枪算是派不上用场了。那平日里发疯般到处乱窜的狗儿，这会儿竟然安静下来，乖顺地跟在我的左右。

河面波光粼粼，晃得人有点眩晕。若是你轻轻地把手往里一插，那波面准会像玻璃一般碎掉！

在那收割过的麦茬地里，我每走一步，就有一只冷得发僵的云雀从麦茬里飞出。他们紧蹙成一堆，旋转着飞向天空，即便这样，也丝毫没能搅动那冰冷凝滞的空气。

那边，成群结队的乌鸦飞到田里，用他们那尖尖的嘴，挖着秋天播下的种子。

刚割过的牧草地里，停了三只鹧鸪，牧草割得光光的，再也遮不住她们了。

瞧啊，她们都长大了！如今可都是十足的大姑娘了！她们显得十分谨慎，时刻注意着周遭的动静。我一眼便看到了她们，可并不打算惊扰她们，于是便悄悄地走开了。这时，我听见野地里窸窸窣窣的声响，准是哪个地方藏着只野兔，见我走开，才心安下来，把鼻子重又探出洞外。

沿着这道篱笆(那零星的几片残叶，仿佛爪儿被缚住的小鸟扑着翅膀似的，苟延残喘着)，飞着只鹁儿，每当我走近，他便飞快地逃窜，躲到更远的地方。不一会儿，又见他从狗鼻子下飞速掠过。像是知道了我们不会伤害他似的，一次又一次地戏弄着我们。

渐渐地，雾越变越浓了。我觉得我像是迷了路。

手里的枪，变成了一只拐杖，带着我跌跌撞撞。究竟是从哪儿传来的，那微弱的声响，那羊叫，那钟鸣，还有那人的叫喊声？

是时候回家了。我摸着那已被夜色吞噬的小路，回到了村里。村子的名字，怕是只有村子自己知道吧。还有那里住着的庄稼汉，卑微粗砺，除了我之外，怕是再没人前去造访了。

林　间

进来啊，我的朋友！

这儿是铺天盖地的清凉和绿荫；

还有那林隙间散落的点点斑驳的光影。

瞧，那只甲虫在小丘似的牛粪上翩翩起舞，仿佛深褐色领结上那耀眼的别针一般。

轻轻地把蠓虫嘘散，我的朋友，请静静地聆听，听见他们那窸窸窣窣演奏着的交响乐了吗？

小树林不断地变幻着颜色，引得鸟儿们在林间飞来飞去，欲在这色彩斑斓的世界里讨个落脚的地儿。

听哪，那乌鸫的竖琴，比你我弹得都要美呢！

看到林子远处的那棵白桦树了吗？他鬼鬼祟祟地藏在橡树背后，仿佛穿着斗篷的人儿，急等着开溜。

我的朋友啊，你自诩为诗人，成日嚷着自由，但倘使乡村警察打这路过，你准会上前，寒暄几句。我说得对吧，我的朋友？

我的朋友，你无需害怕。你听到的声音，不过是一弯汩汩作响的山泉罢了。这隐秘的山泉，藏在低矮的荆棘之下，闪着粼粼的波光。这里空无一人，整个林子都是你的，我把他借给你，我的朋友。

我借你，林间的鸟语和花香，春华和秋实，欢喜和忧伤。

我借你，林间的那条小径，窄得只能容下你一人的脚。

我借你，枝叶交错的参天大树，为你撑起一把凉伞，遮一遮夏日的骄阳。

然而，我的朋友，你若想真真切切地感受这片树林的迷人之处，推开那藤蔓缠绕的枝条，回到树林起始的地方吧。站在林边，远远地眺望那稀稀疏疏散着几根草的牧场，和那渐渐被日暮吞噬的回家的路，还有那仿佛融化在夕阳里的钟楼尖顶……

那儿，一切都在燃烧！我的朋友，快看啊！

雨

落雨。铺天盖地的湿漉,遮天蔽日的狂欢。

乌云悄无声息地爬上黯淡的天空,仿佛村东头谁家烟囱飘来的炊烟,慢慢地晕染开来。

祈雨的人,脸上绽着花一般的笑容。

久旱的日子,干草比面包金贵;小溪也成了涓流;土地咧着大口,看着叫人心不落忍。

这下好啦!

雨,雨,这漫天漫地的雨,仿佛绵绵的针脚,温柔地拍打着我的窗子。还有这铺天盖地,横亘天地的湿漉漉啃!你恩泽大地,造福万物,以至于我竟觉得你那单调的吟哦有种异乎寻常的迷人之美。

远处,马儿不再嚼着草茎,他伫立不动,肆意地吮吸着你带来的清凉。啊,这难得的清凉啊,丝丝缕缕,他都不愿错过。

近处,牛儿饮着这玉液琼浆,低低地哞叫着,表达着心底难以抑制的欣喜。

在这温润的雨里,所有的树都恣意地吮吸着天赐的琼浆,只是姿态不同而已。小树们尚还年幼,还没学会成年的那套,不住地想要逃离这陌生的雨。瞧,那叶子在雨里颤抖着,仿佛被缚的小鸟；而有些树的叶子则蜷缩成一团儿，仿若一位撩起裙裾遮雨的姑娘。

更有些树，他们不畏冰雹，在荒野里，昂然挺立，任凭风雨，自是岿然。

一辆马车匆匆驶过田野。我倚在窗前，望了又望，车里好像一个人也没有的样子。

人们都说这雨会下整整三十个日夜，可我不信。我不相信地上再有洪涝泛滥，因为世上已没有那么多的罪孽，等着雨水冲刷。我们就此别过吧。

愤怒的狗

在荒原里走了很久，毕柏翎先生和他的家人来到了一个农场，想在此歇个脚。毕柏翎先生用脚踢开篱笆门，紧跟着又退了出来。院子里拴着一条狗，看见他，便歇斯底里地叫唤着，还不时地扑向他，亏得每次都被铁链给拉了回去，不然可出大事了。

“想必你之前没见过我，所以才不认得我，对吧？”毕柏翎先生对那狗说道。

农庄的女主人倚在门口，漠不关心地看着眼前的情景。毕柏翎先生堆着满脸的微笑，向那农妇问道：“夫人，您家的狗咬人吗？”

“要是不拴着的话，估计你早被他咬了。”妇人慵懒地回答道，“到了晚上我们会把他放出去，所以我建议你们晚上最好不要在这一带瞎转，小心被我家的狗咬到。”

“是的，夫人，我知道了，谢谢您的提醒。”毕柏翎先生说这话的时候，脸上仍堆着笑意。“不过，夫人，您能不能给他扔块格鲁耶尔奶酪①，让它不要叫了。”

“奶酪也没用的，”农妇不以为然，“你们还是好生注意自己的

① 格鲁耶尔奶酪（Gruyère），产自瑞士西部的阿尔卑斯山区，法国东南部与瑞士接壤的山区也生产与格鲁耶尔类似的奶酪。

腿，小心别被咬到。”

“是的，夫人，我们注意着呢。”毕柏翎先生毕恭毕敬地答道，“还有一事，我们在荒野里转得久了，有些饿了，不知我们能否在您这喝上一杯牛奶？我们会付钱的。”

那女主人起初看着有些不情愿的样子，不过后来还是进屋给他们每人端了一杯牛奶。因为手头有别的事情要忙，她便辞了他们，去忙自己的事情了。

毕柏翎夫妇和两个孩子捧着奶杯，不时地呷上几口，在院子里悠闲地晃来晃去。地上的家禽，竖着的犁铧，这一切的一切，都让他们新奇不已。可是，那令人扫兴的狗，还在狂叫着。他们有些紧张，不时地回头提防着他的动静。

“你呀，就不能老实一会儿吗？”毕柏翎先生对那狗说道。“我们可算是朋友了，难不成你还不承认？”

那只黑狗仍是龇牙咧嘴地朝他们乱扑。他那露在外面的牙齿，闪闪地泛着光泽，怕是要让所有的小姐太太们羡慕嫉妒呢！根据毕柏翎夫人的说法，“它们宛若黑奴生着的反叛肤色的牙齿。”

“还别说，这狗挺有劲头的！”毕柏翎先生接着说道，“我阅狗无数，勇猛的自是见过不少，可这狗确实让人有眼前一亮的感觉。”

他们盯着那狗，看得出神了，杯里的牛奶喝尽了，竟把要去看奶牛这茬事忘得干干净净。

“嘿，好家伙！”毕柏翎先生对那狗说道，“我还不知道你的名字呢。”

狗儿没有任何回应。

于是，毕柏翎先生拿他所知道的名字一个个试探着，可是没有一个名字让他有似曾相识的感觉，他反而变得越来越暴怒。毕柏翎先生原本很想上去抚摸一下他的，这会儿吓得连连后退，两手无奈地搓着大腿。

"嘿，嘿，老家伙，你凶起来的样子着实把我吓到啦！嘘——嘘——乖，瞧，眼看着你都要把自己给勒死了！不过，幸好狗链结实，要不然，我可惨咯！"

试了很多方式，还是不能让他安静下来。既然狗链看着很结实的样子，那不妨戏弄一下他好了。他们又是往他身上撒沙子，又是模仿他的吠声。后来大伙儿倦了，于是站在原地，拿蔑视的眼神盯着他，等他自知没趣而安静下来。

"好吧，你爱干嘛干嘛吧！"毕柏翎先生说道，眼神里满是无奈。

听毕柏翎先生这样说道，那只狗叫得更凶了，嘴角还甩着两条长长的口水。他整个像燃烧着，那凶残的样子，简直就是魔鬼的化身……绳链被他拽得轧轧地响，突然间，链条断了，哗啦一声掉在地上。

他挣脱了！

毕柏翎夫妇和孩子们惊住了，怔在那里。跟着，毕柏翎夫人尖叫一声："天哪！"转过头来，看到她丈夫石化了似的，嘴巴大张着，笑容还未来得及收起，僵在脸庞上。孩子们惊得立在原地，忘了奔跑。这时，一只杯子不知从谁手中滑落，掉在地上，碎了满地。女主人看到要出大事了，撒腿便往这边跑，远远地，手里好像挥舞着什么。她揪着一颗心，就怕自己晚到一步，目睹那可怕的灾难发生。

然而，他们这一圈里，最傻的还是那狗。

他非但没有像大家预料的那般猛扑过来，反而去嗅那掉在地上的绳链。然后，像是被逮到做了错事似的，轻声嘟囔着，夹着尾巴逃回狗屋里去了。

秋 叶

傍晚时分，天光渐渐黯淡下来。咦，比起往日来，今儿的夜幕，好像降临得早些。该是点灯的时候了。

一缕火苗，从壁炉里窜了出来，仿佛灵魂复苏似的，肆意地摇曳腰肢。炉里的柴火哔哔剥剥地燃烧着，仿佛地狱那道阴郁的门骤然被打开，熊熊的火光映在老婆婆那爬满皱纹的脸上，竟是那样熟悉的感觉。

世上的人，本应该自己劈柴、自己生火、自己生活，冷暖自知。

夜里下了一场白霜。大丽花的叶子蜷缩着，仿佛一个个小球似的，彼此扶持着。那番茄也被冻伤，皮肉尽绽，脓汁顺着冻伤处往外流。马铃薯的秆茎，也好似煮熟了一般，没精打采地弯着腰。然而，酢浆草那阔大的叶子，胡萝卜那卷曲的毛须，还有甜菜根那长而柔的须儿，在霜的洗礼下，根根笔直，叶叶舒展，宛如被谁家媳妇儿灵巧的手精心熨烫了似的。

风息了，仿佛在思考。它犹豫着："我究竟该吹向哪儿呢？"

树莓、醋栗、黑莓，星星点点，散落在林间。往日最喜欢绕着它们翩翩起舞的小黄蜂，如今在秋风里瑟缩着，无限怅惘地看着它们凋落，化为一摊秋水。

在那葡萄藤架上，一簇簇的葡萄，等着人们来采摘，然后把它们带回家去。

林间的树,不再是夏日里那般绿云缠绕,铺天盖地的绿;而今的它们,不见了往昔的肆意和张狂,多了份成熟与稳重,举手投足之间带着它们自己独特的神韵。瞧,这棵树只有树梢黄了,而那边的那棵,叶子几乎一夜之间便落尽了。

我总有种感觉,在那夕阳落下的地方,在那片林间,住着一个古老的印第安部落。他们隐居在那儿,历经着悠悠的岁月,过着不为人知的生活。他们知道日暮时分,夕阳会停到哪片空地,所以每当夕阳西下的时候,他们便绕着夕阳,围成圈,温暖着他们这些所剩无几的族人。

黄昏,染了枯叶的颜色,变长了。白杨树梢剥落地燃烧着,这样子,怕是要烧上整整一宿吧。

一场白霜之后,树叶开始凋零了。再来一场凄厉的冷雨,树叶便像败了的鬼魂似的四处逃窜,落得越发急了。

我没有感觉到风,可是,为什么栗树叶子一片接着一片地飘落呢?是老栗树无言的命令?或是它在数着要交割给大地的落叶?别眨眼,猜猜,哪一片下一刻就会飘落?这样的游戏里,我总也猜不对。

倘若较起劲来,硬要那片叶子落,那你就只得自己动手将它摇落了。

小溪里白杨的倒影,不知使了怎样的伎俩,引得岸上的白杨叶,纷纷飘落下来,落满了一溪。

那落在水里的叶子,跟着流水,驶向了远方。它们也在迁徙哩!

瞧，那棵白桦树，在瑟瑟地发抖。白桦树呀，你是因为冷呢，还是因为那可怕的梦魇？

树枝儿都已入眠，只有最梢头今年才长的枝桠，还在迎着风起舞，迟迟不肯睡去。

花园里的苹果树，眯着眼睛，正要睡觉，突然，它猛地惊起：好像有人划着它的树皮似的。

不要怕啊，不过是那园丁，干完了活，无意间将镰刀挂在你的枝桠上罢了。他明天就会来取哩！

一片树叶，从我开着的窗子飞进屋来。我轻轻地捉住它，跟着，重又把它放飞了。

听，那满地落叶的低鸣，它们仿佛是独脚断翅的鸟儿似的，围着大地蹁跹起舞，挣扎着想要飞远。

骤然间，天空划过一道匆促有力的痕迹，一群候鸟，仿佛冬天已经降临到这片土地似的，仓皇地逃窜着。

瞧，那片叶子惊惶地出逃，仿佛耗子疯狂地寻找它的洞穴似的。

万物无声无息下来：最后的叶子，斜挂在树梢，苟延残喘，与秋风作最后的挣扎。想着兄弟姐妹相继离去，心中无限怅惘，又有些许的怨恨，恨它们太早就放弃了生的希望。叶子啊，你在这世上踽踽独行，感叹身世飘零，可你并没沉浸在悲伤里，顾影自怜，你还想着生的希望，你在等待着，那最后的一搏……

难道无情的秋风誓将这世间的万物尽数摧毁吗？

浓雾起了，大自然隐在这雾里，变得神秘莫测。乌鸦在浓雾里难辨方向，散落一声声的哀鸣。

暗夜里，一群白鹤掠过头顶。因为认得它们的鸣叫，才知是它们。

看不清它们，可我听得到它们扑打翅膀的声音。仰望天空，我只能看到点点闪耀的星星。这时，一颗流星划过天际，惊扰了鹤群，它们狂乱地哀鸣着，惊惶地飞远。

我老为它们担着心：它们飞得那么高，要是被流星撞到，可是会直接送命哩！

秋风一起，紫罗兰变得愈发低调了。我走尽了花园的小径，腰也弯得疼了，才在树篱下头寻到一小束紫色的小花。

谁会舍得摘下秋天的草莓，放进自己的口中？这秋天的草莓，只有热恋的青年，把它摘下，送给自己心爱的姑娘。

瞧那朵玫瑰，最后的花瓣也已凋零，静静地等待着死亡降临。

那被人遗忘的梨子，仿佛世间再无让它牵挂的东西，“嘭”地一声掉落在地上。

树篱叶子落了，露出之前被遮掩的缝隙。哦，这就是我们的朋友逃走的地儿啊。这儿，曾有野兔逃窜；那里，又有鹧鸪溜走……

画眉从林间掠过，散落点点的啾鸣。

每一处残败的树篱，都有鸟巢的残骸。数数那残骸，便知在这片田野里，哪儿的树篱最受鸟儿的青睐。最好的树篱，应该有繁密的枝叶，为它们遮掩、挡风，还要有食之不尽的种子、果实，譬如黑莓、红山楂果、野玫瑰果。

远远望去，树篱上的巢穴，仿佛一个个待租的小屋似的。

不知从哪儿窜出的秋风，扫过林间，惊起一阵寒颤，直穿我们心间。霎时间,我们静默了,像是突然被某种庄严肃穆攫住,怔怔地伫立在那儿。

回到乡间的日子,我们收获了许多:我们真切地领略到大自然的魔力;这种魔力,那些懒惰的人怕是一辈子都不知道。

我最后一次来这里散步,其实是来道谢的。我感谢这里的树,这里的每条街道,这里的田野、沟渠和小溪。最后,我对着我们房顶的屋瓦,轻声地说了句:“谢谢!”

这就是我梦寐以求的生活啊!

如果有一天,我和我的妻子格劳瑞爱特,不得不离开这里,回到巴黎,那么,回去的我,也不过是一具躯壳而已,因为我已经把我的心留在了这里——我的故乡。

胡萝卜须

鸡

“我打赌,”勒皮克夫人说,“奥诺丽娜准是又忘记关鸡窝的门了。”

确实如此,只要从窗户那儿往外望一眼就知道了。在院子的最里面,小鸡窝顶的轮廓清晰可见,即使在乌漆墨黑的夜里,仍可一览无遗。此时那鸡窝的门赫然洞开,仿佛一个四方形的黑洞一般。

“菲利克斯,去把鸡窝门关上好吗?”勒皮克夫人对三个孩子中最年长的那个说。

“我才不想理睬那些鸡呢。”菲利克斯说。这是个面色苍白的男孩子,性情冷漠,胆小怯懦。

“你呢,埃尔奈斯蒂娜?”

“啊,我?不,妈妈,我怕黑!”

哥哥菲利克斯和姐姐埃尔奈斯蒂娜颇为敷衍地抬起头应声。他们两个手肘放在桌子上,正在津津有味地看书。他们那么入神,额头几乎都快贴着了。

“上帝啊,我真傻!”勒皮克夫人说,“我怎么就没想到呢!胡萝卜须,去把鸡窝的门关上!”

胡萝卜须是她对小儿子的爱称,因为他的头发是红棕色的,皮肤上又有些雀斑，像极了胡萝卜须。此时的胡萝卜须正在桌子底下玩，听到妈妈的命令，他站了起来，腼腆地说：

“可是，妈妈，我也怕黑。”

“什么？”勒皮克夫人喊道，“这么大的男孩子居然还怕黑？别说笑了！快点去关！”

“谁不知道他的胆子大呀！”埃尔奈斯蒂娜说。

“是啊，他可什么都不怕。”菲利克斯附和着。

听到这些恭维的言辞，胡萝卜须感到很自豪，却又有点愧不敢当。他性格中勇敢的一面开始与胆怯的一面进行斗争。妈妈此时更是推波助澜，威胁他说若再不去就得挨耳光了。

“那么，至少给我照个亮吧。”他说。

勒皮克夫人不以为然地耸了耸肩，菲利克斯的嘴角也现出一丝嘲讽的微笑。真可怜！只有埃尔奈斯蒂娜点了支蜡烛，陪着这个小弟弟，一直走到走廊的尽头。

“我在这儿等你。”她说。

但是她很快就害怕地跑掉了。因为一阵风吹来，烛光随之摇曳了几下就很快熄灭了。

胡萝卜须害怕极了，两条腿紧紧地贴在一起，哆哆嗦嗦，两只脚则像被钉住了一样怎么也挪不动。夜黑得可怕，伸手不见五指。有时一阵狂风袭来，宛如一张冰冷的床单，要将他席卷而去。胡萝卜须战战兢兢，耳边的风声幻化成了野兽的叫声：在他的指间喘息的是狐狸吗？在他的脸颊旁呼啸的是狼吗？怎么摆脱它们呢？最好的办法当然是快跑！胡萝卜须猛地向鸡窝跑去，脑袋一味向前冲，好像要冲破这黑暗一般。到了鸡窝前，他摸索着抓到了门环。听到他仓皇的脚步声，鸡群一阵骚动，“咯咯咯咯”的叫声此起彼伏，栖木上一片慌乱。胡萝卜须喊道：

“闭嘴，是我！”

关上鸡窝门，胡萝卜须如释重负，飞快地往回跑，背上好像安着一对翅膀。他气喘吁吁地回到房间，对自己的勇敢颇有些自豪。从黑暗冰冷的外面回到温暖明亮的屋里，这感觉就像是脱下身上那被雨水淋湿又沾满泥浆的破布烂衫，换上了崭新而轻便的衣服，别提有多舒心。他微微笑着，站得笔直，像只骄傲的小公鸡，等着家人来夸他。现在脱离危险了，胡萝卜须紧张的心情恢复了平静，他默默地观察着家人的表情，试图找到一丝曾经担忧的痕迹。

但是菲利克斯和埃尔奈斯蒂娜依然在静静地看书，勒皮克夫人则用再自然不过的语气对他说：

“胡萝卜须，以后每天晚上都由你来关鸡窝门。”

鹧 鸪

和往常一样，勒皮克先生把猎袋里的猎物一股脑儿倒在桌子上，这次是两只鹧鸪。墙上挂着一块石板，菲利克斯负责把猎物名字登记在石板上，这是他的任务。每个孩子都有自己的任务：埃尔奈斯蒂娜负责给这些野味剥皮拔毛，胡萝卜须则负责给这些受伤的猎物做最后的了断。因为大家都说他的心肠比较硬，所以这项工作就由他来做。

这两只鹧鸪依然在扑腾挣扎，脖子不断地摆动着。

勒皮克夫人："还等什么？快把它们杀死啊！"

胡萝卜须："妈妈，我也想把它们的名字写在石板上，让我来做这个吧。"

勒皮克夫人："石板太高了，你够不着。"

胡萝卜须："那，我也想给它们拔毛。"

勒皮克夫人："那不是男子汉该做的事儿。"

胡萝卜须只好抓住两只鹧鸪。以往热心肠的朋友曾教给他一些有用的技巧，"抓紧它们的脖子，戗着毛来。"

他一手抓一只鹧鸪，提到背后，开始行动。

勒皮克先生叹道："居然两个一起来，好家伙！"胡萝卜须回答："这样会比较快些，它们可以少受些折磨。"勒皮克夫人却说：

“别装慈悲了,你心里恐怕早就乐开花了吧。”

两只鹧鸪反抗着,痉挛着,翅膀慌乱地拍打着,扇落了一地羽毛。它们可从来都不想死。胡萝卜须一只手掐住一只鹧鸪,为了更省力,便把鹧鸪夹在腿间。他使出了吃奶的力气,脸上红一阵,白一阵,汗水淋漓。他把头抬得高高的,这样就看不见鹧鸪痛苦的样子了,可以狠下心来更用力地掐死它们。

然而鹧鸪们顽强不屈,一直不断气。

急于结束的怒火冲上脑门,胡萝卜须抓住它们的爪子,狠狠地将它们摔向自己的鞋子,猛烈地撞击着它们的脑袋。

“哦!刽子手!刽子手!”菲利克斯和埃尔奈斯蒂娜大喊大叫。

“还真有两下子。”勒皮克夫人说,“可怜的鹧鸪!你们落到他手里可真是悲惨。”

勒皮克先生是个老猎手了,此时竟也受不了这样血腥的场面,转身走了出去。

“好嘞!”胡萝卜须喊了一声,话音未落便把两只死鹧鸪扔到了桌子上。

勒皮克夫人掂起两只鹧鸪,翻来覆去地查看。两只可怜的鸟儿已经脑袋开裂,鲜血汩汩而出,些许脑浆混杂其中,死状甚是惨烈。

“该制止他的。”她说,“现在多脏啊!”

菲利克斯说:

“他这次确实不像以前那么干脆利落。”

这只狗

灯光下，勒皮克先生静静地看着报纸；埃尔奈斯蒂娜细细品读着一本书，那本书是学校发给她的奖品；勒皮克夫人织着毛衣；菲利克斯跷着二郎腿，坐在炉火旁取暖；胡萝卜须则坐在地上沉思，不知在想些什么。

突然，原本在地毯上安静睡觉的皮拉姆发出一声低沉的吼叫。

"嘘！"勒皮克先生斥责道。

皮拉姆却发出更大的吼声。

"白痴！"勒皮克夫人骂道。

皮拉姆这么突兀地叫起来，把每个人都吓了一跳。勒皮克夫人惊得用手捂住胸口。勒皮克先生斜睨了狗一眼，牙齿恨恨地咬着。菲利克斯骂了一声，但骂声很快就被狗叫声淹没了。

"别叫了，脏狗！住嘴，混账东西！"

这下皮拉姆反而叫得更凶了。勒皮克夫人怒气冲冲地给了它三个耳光。勒皮克先生将手中的报纸砸向它，又用脚踹它。皮拉姆俯伏在地，低着头，号叫着。似乎是被打怕了，又很恼怒，于是用嘴巴猛撞垫子，嘶声狂吠，嗓子都快叫破了。

勒皮克一家快被气疯了。他们全都站了起来，对这只胆敢反抗他们的狗发脾气。

窗子被震得颤抖，炉子的烟囱管道也在战栗，埃尔奈斯蒂娜在尖叫。

没有人吩咐胡萝卜须，但是他走了出去，看看到底发生了什么。也许是晚归的流浪汉正从街上走过，脚步声惊动了皮拉姆，这也没什么，只要他不从花园里爬进来偷东西就好。

胡萝卜须穿过长长的黑暗走廊，两只手臂往前伸，摸摸索索找到门。终于摸到了门闩，哗啦一声把它抽开，但却没打开门。

以前，他总是打开门，到外面去，吹口哨，唱歌，跺脚，竭尽所能地去吓唬可怕的敌人。

但是，今天他却耍了个花招。

他的家人们此时一定想象着他正在房子周围勇敢地巡逻，细细查看每一个角落，做忠诚的守护者。然而，他骗了他们，他什么也没有做，只是静静地躲在门后。

总有一天，他的花招会被识破，但那是以后的事了，很长一段时间以来他都顺利过关。

他只是害怕自己突然打喷嚏或者咳嗽，这样便暴露了行踪。他屏住呼吸，抬起眼帘，透过门上方小小的窗子，看到三四颗星星稀稀落落地挂在天幕上，清光闪烁，散发出阵阵冷意。

该回去了，不能把这个把戏拖太久，否则别人就要起疑了。

又一次，他用瘦弱的手摇动着沉重的门闩。门上的铁环生锈了，门闩在里面哗啦啦直响。他猛地一用力，门闩又发出了一声巨大的声响。听到这一声响，家人们会认为他完成任务奏凯而归！他满心欢喜，跑回去安慰家人。

然而，和上次一样，在他不在的这会儿，皮拉姆不再叫唤，勒皮克一家人也安静了下来，继续做各自的事情。尽管没有人问，胡萝卜须还是习惯性地说：

“什么情况也没有，是狗在讲梦话呢。”

噩　梦

胡萝卜须不喜欢家里的这些客人。他们扰乱了他的生活，占据了他的床，害得他不得不去和妈妈一起睡。他白天会犯各种各样的错误，到了晚上，他的主要毛病就是打呼噜。毫无疑问，他是故意的。

卧室很大，即使在八月份依然很凉快。卧室里有两张床，一张是勒皮克先生睡的，另一张是勒皮克夫人睡的。胡萝卜须和妈妈睡在一张床上，他蜷缩在床的最里边。

睡觉之前，他一定要在床单下咳嗽几声，清清嗓子。但是或许鼻子也会打呼噜呢？他小心翼翼地用鼻孔呼吸，看看是否顺畅。他得学着不使自己的呼吸过重。

但是一旦睡着，他就打呼噜，无法控制，好像上瘾了一样。

这时勒皮克夫人二话不说，立马将两个尖尖的指甲掐进他的一个屁股蛋儿里，直到掐出血来。没错，这就是她惩治胡萝卜须的方法。

胡萝卜须痛呼了一声，惊醒了爸爸，勒皮克先生问他："你怎么啦？"

"他做噩梦了。"勒皮克夫人答。

然后勒皮克夫人轻声哼起一首印度曲调的摇篮曲，像慈祥的奶妈一般。

胡萝卜须的额头和膝盖都顶着墙，那姿势好像要和墙干一仗似的。他两手捂住屁股，抵挡着第一声打鼾带来的一通乱掐。胡萝卜须再一次睡了过去，在这大床上，在妈妈身旁，在床的最里边。

请勿见怪

可以说吗？应该说吗？到了这个年龄，其他领圣体的孩子都干干净净的，胡萝卜须却依然脏兮兮的。一天晚上，他不敢提出要求，憋了很久。

他加速扭动着身体，希望通过这种方法来平息不适感。

这可没用！

有一天晚上，他梦见自己舒舒服服地瞄准墙角的一块石头撒尿，结果就尿到了床单上。他可完全是无辜的，因为他正在熟睡中，什么也没察觉。之后他才醒了过来。

身边没有墙角石了，他惊诧不已！

勒皮克夫人克制着自己没有发火。她洗了床单，态度很平静，很宽容，充满着母性的慈爱。甚至第二天早上，胡萝卜须像一个被娇惯的孩子一样，还没起床就可以享用早餐。

没错，妈妈把羹汤端到床上来了。一碗精心调制的羹汤，勒皮克夫人还用一把小木勺在汤里掺进了一点儿东西。哦，就一点点儿。

菲利克斯和埃尔奈斯蒂娜站在胡萝卜须的床边，表情奸诈，不怀好意地观察着他，准备在看到第一个信号时放声大笑。勒皮克夫人一小勺一小勺地喂着这个孩子，同时她的余光则仿佛在对菲利克斯和埃尔奈斯蒂娜说：

“注意！准备！”

“是，妈妈。”

之前，他们就已经想好做什么样的鬼脸来取笑胡萝卜须了。对了，应该邀请些邻居来观看的，这样更好玩。最后，勒皮克夫人望了一眼两个大孩子，好像在询问：“你们准备好了吗？”与此同时，她慢慢地将最后一勺羹汤送到胡萝卜须那张大的嘴巴里，直送到嗓子眼，塞进去，然后用既嘲弄又厌恶的口气对他说：

“啊！小脏东西，你都吃下去了，把你昨天撒下的东西全都吃下去了！”

“我早料到是这样。”胡萝卜须简单答道，并没有作出他们所期待的表情。

他对此已经习惯了。当人们习惯了一件事情时，便不那么好笑了。

尿罐

一

已经不是第一次尿床了，为了避免不幸的降临，胡萝卜须每天晚上都会小心翼翼地采取预防措施。夏天当然容易，每到晚上九点，勒皮克夫人催他上床睡觉时，他会主动提出到外面去转转，然后会度过一个平静的夜晚。

冬天呢，散步就变成了一件无比痛苦的事情。夜幕刚刚降临，他关好鸡窝门后，做第一次预防措施。可这是徒劳无功的，千万别指望能坚持到第二天早上。吃过晚饭，稍过一会儿，九点的钟声便敲响了，长夜漫漫无尽头，胡萝卜须必须得做第二次预防措施。

今天晚上，和所有晚上一样，他问自己：

“想，还是不想？”

一般情况下，他都回答“想”，有时是因为他真的憋不住了，有时是因为外面月亮的光辉在召唤他，有时则是勒皮克先生和菲利克斯给他做出了榜样。他偶尔会走到街尽头，到几乎是荒郊野外的地方，但更多的时候他在楼梯底下就停了下来。不必每次都离房子很远，走远或走近要看情况。

但是，今天晚上，雨点正噼里啪啦地敲打着窗玻璃，大风呼啸，星星掩面，胡桃木在原野上嘶吼怒号。

“这倒好。”胡萝卜须踌躇了一会儿后，得出结论，“我不想。”

他跟大家道了晚安后，点亮蜡烛，走到走廊深处。右边，便是他的卧室，这里几乎没有任何家具，冷冷清清的。他脱了衣服，躺到床上，等待勒皮克夫人的到来。她只使劲一塞，便把他的被窝掖紧了。然后她吹灭蜡烛，把蜡烛留下，却一支火柴也没留。她从外面锁上了房门，因为他的胆子太小。胡萝卜须一开始很享受独处的乐趣，他回味着白天的生活，庆幸这次侥幸脱险，祈祷着明天也能有同样的幸运。他自认为，今后两天，勒皮克夫人不会再注意到他，于是他试着带着这样的梦想入睡。

刚刚闭上眼睛，胡萝卜须便感到一种熟悉的不适感。

“这次是避免不了了。”胡萝卜须自言自语道。

如果是别人早就爬起来了，但是胡萝卜须知道自己的床底下并没有尿罐。尽管勒皮克夫人会矢口否认。她总是忘记在这里放一个尿罐，更何况，胡萝卜须已经做了预防措施，放尿罐还有什么用呢？

胡萝卜须依然躺在床上踌躇着。

“早晚我会投降的。”他自言自语道，“而且，如果这样坚持下去，尿液会越来越多。但是如果我现在马上就撒尿的话，量会少一点，我还有时间用身体的热量把床单暖干。根据以往的经验，我确信妈妈一点都不会看出来。”

胡萝卜须放松下来，在自以为是的安全感中重新闭上眼睛，开始了一个好觉。

二

突然,他醒了过来,侧耳倾听自己的腹部。

"哦,噢! 这下坏了!"他说。

刚才还以为自己逃过一劫,那也太走运了。他前半夜犯下了错误,此刻真正的惩罚逼近了。

他从床上坐起来,努力思考该怎么做。门被锁住了,窗子上有栏杆,根本出不去。他趴在地上,将手伸进床底下,去摸索那只他知道根本就不存在的尿罐。

他躺了下来,却又再次不安地爬起来。相比睡觉,他更喜欢动来动去,走来走去,不停地跺脚,用两只拳头敲打着不断膨胀的腹部。

"妈妈! 妈妈!"他小声叫着,害怕她听到。因为如果勒皮克夫人真的来了,胡萝卜须反而会一点都不想撒尿了,那么情况就好像是他在捉弄勒皮克夫人似的。他之所以这么做,只是想在第二天早上可以不用撒谎地说曾经叫过她。

而且他怎么可能用力喊叫呢？全部力气都用来憋尿了!

很快,一阵剧痛袭来,胡萝卜须不得不折腾着自己。他碰到墙壁又弹回来,撞向床头,撞向椅子,撞向壁炉,然后他猛地掀开壁炉的挡板,在壁炉的中间蹲下去,蜷缩着身子,释放了! 他感到无限畅快。

房间里的夜色愈来愈浓。

三

胡萝卜须直到天亮才睡着，因此起床起的很晚。当勒皮克夫人推开门进来时，她的表情马上变得奇怪，仿佛察觉到了某种可疑的勾当。

“一股什么怪味儿！”她说。

“早上好，妈妈。”胡萝卜须说。

勒皮克夫人掀起床单瞧瞧，发现没有尿床，然后又在房间里仔细嗅着，很快便发现了事情的真相。

“昨天晚上急着尿尿，房间里却没有尿罐。”胡萝卜须赶紧向妈妈解释，他认为这是保护自己的最好办法。

“撒谎！撒谎！”勒皮克夫人说。

她跑出房间，拿了个尿罐藏在自己身后，趁人不注意溜回这个房间，将尿罐偷偷塞进了床底下。她让胡萝卜须站在那儿，然后叫来全家人，喊道：

“我究竟做了什么伤天害理的事，老天要给我这么一个孩子！”

一会儿，她拿来抹布、水桶，把壁炉浸在水里，那架势好像灭火一样。她嫌弃着床上的被褥枕头，直嚷着要透气，透气！这样的她看起来又忙碌又哀怨。

一会儿，她又指着胡萝卜须的鼻子骂：

“混账东西！你傻了吗？还像个人吗？简直连畜生都不如！给畜生一个尿罐，它还知道用。你呢，居然会想到尿在壁炉里。上帝可以证明，你是把我当白痴了吗？我要疯了！疯了！！

疯了!!!"

胡萝卜须身上只穿着衬衫,脚丫还是光着的。他盯着那只尿罐,心想,昨天晚上还没有尿罐,现在居然有了一只!而且就在床底下!这只空空的尿罐十分干净,如果他还坚持说没有看到尿罐,别人会觉得他可真够厚颜无耻的。

他的家人们都不高兴了。邻居们看完热闹也离开了。邮递员过来,缠住他,问了他好多问题。

"说真的,"最后,胡萝卜须的目光锁住那只尿罐,说道,"我也不知道怎么回事,随你们怎么想吧。"

兔　子

“没有给你留西瓜。”勒皮克夫人说，“何况，你跟我一样，都不爱吃西瓜。”

“好吧。”胡萝卜须说。

就这样，别人决定了他的喜好。原则上来讲，他只能喜欢他妈妈喜欢的东西。这时奶酪上桌了。

“我敢肯定，胡萝卜须不会吃奶酪的。”勒皮克夫人说。

胡萝卜须想：“既然你这么肯定，那我就没必要去尝试了。”

何况，他知道冒然尝试会很危险。

难道他没有机会到一个秘密的地方去尝试这些所谓的他“不喜欢”的食物吗？现在，机会来了。在吃甜点的时候，勒皮克夫人对他说：

“把这些西瓜片拿去，给你的兔子吃。”

胡萝卜须迈着小步走出去，手里平平地端着盘子，努力不让西瓜片掉出来。

他刚走进养兔子的小屋，兔子们便喧闹起来。它们的耳朵高高地竖起来，鼻子在空气中不断抽动，前爪伸得直挺挺的，好像在敲鼓一样。这些小兔子们蜂拥上来，围在他身边。

“哦！等一下。”胡萝卜须说，“请等一下，我先给你们分一分。”

他先坐在了一个草堆上。所谓草堆，就是兔子粪、被啃到根部的金光草、白菜根和锦葵叶堆成的一团。然后，胡萝卜须把西瓜籽扔给兔子们，自己则吃着瓜瓤。真甜啊！

吃完之后，他又把所有家人吃剩的瓜皮全都啃了一遍，因为上面还剩了些黄色的瓜瓤。全部都啃完之后，他才把绿色的西瓜皮扔给周围这群后腿直立的兔子。

小屋的门静静地关着。

正午的阳光穿过屋顶的瓦缝泻下来，在一屋清凉的阴影中留下了几个明亮的斑点。

十字镐

菲利克斯和胡萝卜须正并肩劳作着，两个人手里各拿着一把十字镐。菲利克斯的十字镐是在马蹄铁匠那里定做的，是铁制的；胡萝卜须的十字镐则是他自己用木头做的。他们在园子里干活儿，相互比着干劲，看谁做得又快又好。突然，在毫无防备的情况下（不幸往往降临在这个时候），胡萝卜须脑门上挨了一镐。

不一会儿，菲利克斯就被抬到了床上，因为他看到弟弟头上出血了，便立马晕了过去。一家人都围在菲利克斯身边，每个人都在为他担心，甚至连走路都小心翼翼地踮着脚尖。

“盐放哪儿了？”

“盛些凉水来，给他冷敷一下。”

胡萝卜须爬到椅子上，想越过那些肩膀和脑袋，看看哥哥的情况。而他自己呢，额头上缠着绷带，血渗出来，晕染成一片鲜红。

勒皮克先生对胡萝卜须说：

“这下你可要好好受受教训了！”

埃尔奈斯蒂娜给他包扎伤口：

“你的头也太不经打了，这么容易就被打破了。”

他没有哭，因为他知道哭一点用都没有。

这边菲利克斯迷迷糊糊睁开一只眼睛，然后又缓缓睁开另一只。他不再害怕，脸色逐渐好转，担忧和恐惧的神情也渐渐消失不见。

“怎么总是这样冒失！”勒皮克夫人说，“你就不能当心点吗，小傻瓜！”

猎 枪

勒皮克先生对两个儿子说：

“你们两个合用一把猎枪吧！好兄弟可以分享一切。”

“可以，爸爸。”菲利克斯说，“我们可以合用一把猎枪，只要胡萝卜须能偶尔借我用一下，我就知足了。”

胡萝卜须没有说是也没有说不是，他对哥哥说的话表示很怀疑。

勒皮克先生拿过绿色的枪套，从中取出手枪，问道：

“你们俩谁先来扛着这把枪啊？好像应该让哥哥先拿。”

菲利克斯：“我把这个荣誉让给胡萝卜须，让他先扛吧！”

勒皮克先生：“菲利克斯，今天早上你的表现很好，我会记住的。”

勒皮克先生把猎枪放到胡萝卜须瘦弱的肩膀上。

勒皮克先生：“去吧，孩子们，好好玩，别吵架。”

胡萝卜须：“不带上狗吗？”

勒皮克先生：“不用带。你们轮流去做猎狗的差事吧。另外，像你们这样的猎人不会打伤猎物，只会打死。”

胡萝卜须和菲利克斯渐渐走远。他们都穿着平日穿的衣服，并没有穿靴子。这点虽然很遗憾，但是勒皮克先生经常对他们说：真正的猎人不屑于穿靴子。他说真正的猎人从来不卷裤脚，他们让裤子耷拉在脚踝上，就这么走过泥泞的、新耕过的土地，不一会儿就有了一双天然长靴，而且牢固得很，女仆们怎么洗也洗不坏。

“我想你不会空手而归的。”菲利克斯对着胡萝卜须说。

胡萝卜须觉得腋窝处有些微微颤动，似乎快要承受不住枪托的重量。

“嗯，”菲利克斯说，“我会让你背个够的。”

“你是我哥哥啊。”胡萝卜须说。

一群麻雀飞过，他停下来，给菲利克斯打了个手势，示意他别动。麻雀们正欢快地在篱笆间飞来飞去。两个小猎人弓着背，悄悄靠近这些麻雀，可还没等他们站稳，麻雀就飞到另外一个地方去了。两个小猎人站起来。菲利克斯不满地嘟囔了几句。胡萝卜须呢，尽管他心脏狂跳，看起来却更有耐心，眼看显示本领的时刻就要来临，他感到有些紧张。

万一打不中呢？每次机会的推迟都让他松一口气。

但是这次，麻雀们好像都在等他射击。

菲利克斯：“别开枪，你离得太远了。”

胡萝卜须：“是吗？”

菲利克斯：“当然！你的姿势不对，你自以为瞄准了，实际上还差得远呢。”

菲利克斯站起来，走过来想要证明他是对的。麻雀们被惊到，纷纷展翅飞走。

但是还有一只没有飞走，站在一根树枝的尽头，随着树枝上下摇晃。它翘翘尾巴，晃晃脑袋，鼓鼓小肚子。

胡萝卜须："说真的，我要开枪了，就这只，肯定能打下来。"

菲利克斯："你躲开，让我看看。对，事实上，你运气不错。快点，把猎枪给我！"

说话间，胡萝卜须手上一空，不见了猎枪，菲利克斯已伏在他的位置上，瞄准、射击，麻雀落了下来。

整个过程好像变戏法儿一样：刚刚胡萝卜须手里还拿着猎枪，突然，枪就不见了，转眼却又回到了他的手上，因为刚刚菲利克斯又将猎枪还到了他手里。然后菲利克斯像一只猎狗一样，跑过去把击落的麻雀捡回来。他朝胡萝卜须喊道："你在那儿干什么呢，快一点！"

胡萝卜须："再快也赶不上你啊。"

菲利克斯："你是在赌气吗？"

胡萝卜须："不然怎样？要我高歌一曲为你庆功吗？"

菲利克斯："既然我们都打到麻雀了，你还抱怨什么？你要这么想：本来我们还不一定能打到它呢。"

胡萝卜须："哦！我……"

菲利克斯："不管是谁打到，都是一样的。今天我开了一枪，明天你再开一枪。"

胡萝卜须："啊！明天！"

菲利克斯："我向你保证。"

胡萝卜须："我知道！你向我保证，你之前也是这么说的。"

菲利克斯："我发誓，你高兴了吗？"

胡萝卜须："最后一次，如果我们能马上找到一只麻雀，我也要打一枪。”

菲利克斯:“不要,时间太晚啦。回去让妈妈拿这只麻雀做菜吧。你拿着吧,放在你的口袋里,大笨蛋,要把嘴巴露在外面。”

两个人走在回家的路上,遇到一个农民,跟他们打招呼:“孩子们,你们打了只麻雀啊,不错啊。”

胡萝卜须受到了称赞,便把怨恨放到了一边。他们重归于好,哥儿俩带着胜利的喜悦回到家。勒皮克先生一看到他们,便惊奇地说:“怎么,胡萝卜须,你还扛着猎枪!你一直都扛着它吗?”

“差不多是这样。”胡萝卜须说。

鼹　鼠

胡萝卜须在路上走着，突然遇到了一只鼹鼠。这只鼹鼠黝黑黝黑的，仿佛清理烟囱的工人似的。他尽情地玩弄了鼹鼠一通后，决定弄死它。他将这只鼹鼠抛向空中，连续几次，鼹鼠被直直地抛向空中，然后跌落到坚硬的石头上。

一开始，一切都进行得很好很顺利。

鼹鼠的脚摔断了，脑袋摔裂了，脊背也摔折了，似乎活不成了。

但是，胡萝卜须很惊奇地发现它居然没死，便又把它扔向天空，鼹鼠高高的越过房顶摔下来，却依然没死。

“天哪！还没死！”他说。

事实上，石头上已经染上了斑斑血迹，鼹鼠都被摔烂了，只是它腹部的油脂还像果冻一般颤抖着，正是这种颤动，给人一种活着的假象。

“哎呀！”胡萝卜须几乎被气疯了，“它怎么还没死！”

他抓着鼹鼠，换了个方式，不停地辱骂它。

他的脸涨得通红，眼睛里也含着泪水。他对鼹鼠吐了几口唾沫，尽全力把它靠近石头，一把猛摔了过去。

但是那不成形的腹部依然在颤动着。

胡萝卜须越用力地拍打它，它反而越不像死的样子。

苜 蓿

胡萝卜须和菲利克斯做完晚祷后便往家赶。他们急匆匆地赶到门前,因为此时正值下午吃点心的时间。

菲利克斯将吃到抹着黄油或者果酱的面包片,而胡萝卜须吃的面包片上则什么也没抹。因为他想早点长大,于是便在家人面前宣称自己不爱吃黄油和果酱。他说他喜欢原味的食物,就那么装模作样地吃着他的干面包片。今天也是如此,他比菲利克斯跑得更快,以便能最先吃到面包片。

有时候,干面包片看起来很硬,胡萝卜须狠狠地咬上去,仿佛与敌人奋战一般,咬紧它,摇晃着脑袋,将它咬成碎片,并且发出响亮的声音。这时坐在他旁边的家人都会好奇地看着他。

他那鸵鸟胃连石头或者带有铜锈的古钱都能消化。

总之,他表现得一点都不挑食。

胡萝卜须跑去拔门上的插销,发现门是锁着的。

“我想我们的父母大概不在家。你用脚踢几下门看看是不是如此。”他说。

菲利克斯嘴里嘟嘟囔囔骂骂咧咧,用脚使劲儿踹着门,门被震得轰轰直响。然后,哥儿俩合力撞门,肩膀都撞肿了,门却没开。

胡萝卜须:“家里一定没人。”

菲利克斯:“那他们会去哪里了呢?”

胡萝卜须:“谁知道呢,我们坐下来等吧。”

他们坐在冰冷的台阶上,感到一种少有的饥饿。接连打了几个呵欠后,他们把拳头砸在胸脯上,宣泄着怒气。

菲利克斯:“要是他们想到我在等他们就好了。”

胡萝卜须:“可是我们可以做的只能是在这里等待。”

菲利克斯:“我不等他们了。我可不想饿死。我要马上吃东西,不管吃什么,哪怕是吃草。”

胡萝卜须:“吃草!这倒是个注意,爸爸妈妈肯定不会想到的。”

菲利克斯:“该死的!别人都吃生菜,我们吃苜蓿。苜蓿和生菜一样鲜嫩,是不加油和醋的生菜。”

胡萝卜须:“而且,不用拌就可以吃。”

菲利克斯:“要不要和我打赌,我能吃苜蓿,而你,不能吃。”

胡萝卜须:“为什么你能吃而我不能吃?”

菲利克斯:“说正经的,要打赌吗?”

胡萝卜须:“我们去邻居那里各自要些面包和牛奶,这样就不用吃苜蓿了。”

菲利克斯:“我还是更喜欢吃苜蓿。”

胡萝卜须:“那出发吧。”

不一会,绿油油的苜蓿田便展现在他们眼前。他们踩着柔嫩的苜蓿前进,刚走进去,就注意到狭窄的小路上有一些痕迹,不禁奇怪:“什么动物从这里经过了?”

一阵凉意透过他们的裤腿往上窜，直窜到那渐渐麻木的腿肚。

他们在苜蓿田正中央停下，仰面朝天躺了下来。

“好舒服啊！”菲利克斯说。

他们的脸蛋碰到毛茸茸的草，感到痒痒的。他们大声欢笑，好像回到了从前的时光。那时他们躺在一张床上，勒皮克先生总是在隔壁的房间里朝他们喊：“该睡觉了，小鬼们！”

他们忘记了饥饿，开始假装在游泳，玩着水手式、狗爬式和蛙式游泳。两只脑袋露出来，手脚拍打着绿色的波浪，波浪倏然裂开，便再不能合拢。

“我的下巴快要融化了。”菲利克斯说。

“看我怎么往前游。”胡萝卜须说。

他们决定休息一下，静静地品味这份幸福。

他们靠在一起，看着那鼹鼠的通道。这些通道蜿蜒曲折地隆起在地面上，好像老年人身上青筋暴露的皮肤。有害的寄生植物菟丝子是苜蓿的大敌，它们正在那片空地上伸展着一簇簇红色卷须。这些鼹鼠有时隐在苜蓿丛中，有时又突然出现在一片空地中，宛若印第安风格的茅屋村舍那样参差错落。

“玩得还不够爽。”菲利克斯说，“我们开吃吧。我要开始了。当心别动了我这份。”

他拿胳膊做铅笔，画了个半圆。

“剩下的对我来说已经很多了。”胡萝卜须说。

两个脑袋消失了。猜他们在做什么？

清风阵阵，不时掀起苜蓿细细的叶子，露出那灰色的背面，引得整个苜蓿田又一阵颤动。

菲利克斯将头埋在一把把苜蓿里，装作把苜蓿填满了嘴，甚至模仿着一头没有经验的小牛咀嚼草料的声音。他想让人感觉他什么都吞了下去，连苜蓿跟都吞了下去。而胡萝卜须则很认真，仔细挑选着鲜嫩的叶子。

他把苜蓿放到鼻子下嗅嗅，然后才放到嘴里，慢慢地咀嚼。

何必着急呢？

这场盛宴不是租来的，这儿也不是桥头的集市。

牙齿不断摩擦着，发出嘎吱嘎吱的声音，舌尖一阵苦涩，肚子里也一顿翻腾。他吞咽着，享受着。

酒　杯

胡萝卜须再也不在餐桌上喝酒了，几天来，他渐渐改掉了喝酒的习惯。对此，他的家人和朋友都感到十分惊奇。一开始，勒皮克夫人像往常一样给他倒了一杯酒，他却说："谢谢，妈妈，我不渴。"

晚饭时，他又说："谢谢，妈妈，我不渴。"

"你变得懂节约了。"勒皮克夫人说，"这正好，可以给别人喝。"

因此他一整天都没有喝酒，天气很温和，他也并不觉得渴。

第二天，勒皮克夫人又问他："你今天喝酒吗，胡萝卜须？"

"啊，这我也不知道。"胡萝卜须答道。

"随你的便吧。"勒皮克夫人说，"要酒杯的话，就去壁橱里拿。"

他并没有去找。是懒吗？忘记了？或者是害怕给自己倒酒？

大家很惊奇：

"你进步不小啊。"勒皮克夫人说，"你现在又长了个本事。"

"真是个罕见的本事。"勒皮克先生说，"这个本事以后会有用的，要是你独自一人在沙漠中迷路了，又没有骆驼，那这个本事可就管用了。"

菲利克斯和埃尔奈斯蒂娜打赌。

埃尔奈斯蒂娜:“他能一个星期不喝酒。”

菲利克斯:“我觉得,他要是能坚持三天,直到周日,就不错了。”

“但是,”胡萝卜须最后微笑着说,“如果我再也不觉得渴的话,我就再也不喝酒了。你们看兔子和天竺鼠就从来不喝酒。”

“天竺鼠和你,根本不能相提并论,这是两码事。”菲利克斯说。

胡萝卜须受了众人的刺激,更想证明自己的能力。勒皮克夫人继续忘记给他拿酒杯,他也忍住不要酒杯。不管别人对他是冷嘲热讽还是发自内心的赞赏,他都一概漠然以对。

有人说:“他要么病了,要么疯了。”

另外一些人说:“他偷偷地喝。”

但是,事情久了,大家也就淡漠了。以前人们经常要胡萝卜须伸出舌头来看看,以此证明舌头一点儿都不干,现在很少有人这么做。

父母和邻居们已经习惯了,只有外地人听说时会吃惊一下。

“你们太夸张了吧,没有人能逃过自然规律。”

医生检查过后说这种情况确实很奇怪,但是世界上无奇不有,什么都有可能。

胡萝卜须本来担心不喝酒会感到痛苦,但痛苦却没有出现,他也惊讶不已。他发现只要坚持不懈,就能做到想要做的事情。他本以为强迫自己不喝酒会很痛苦,但是却没有感到任何的不舒服。他现在的状态甚至比以前更好。如果他也可以不吃饭就好了，这样他就可以靠空气生活了。

他甚至都不记得酒杯放在了哪里。既然很长一段时间酒杯空置不用，奥诺莉娜便将它装满了用来擦烛台的红色硅藻土。

一点儿面包

勒皮克先生心情愉快时,不介意和孩子们一起玩闹。有时他在花园的小径上给孩子们讲笑话,逗得菲利克斯和胡萝卜须笑得在地上打滚。今天早上,他们又很开心,却不能在地上打滚,因为埃尔奈斯蒂娜来喊他们吃饭,于是大家都安静下来了。每当全家人坐在一起的时候,每个人都是皱着眉,沉着脸。

大家像往常一样快速地吃着饭,谁也不说话。饭吃完后,该离开餐桌了。

这时勒皮克夫人说:"请你给我一点面包好吗,我要把果泥吃完。"

她在跟谁讲话?

勒皮克夫人常常自己跟自己讲话,也跟狗讲话。她跟它讲蔬菜的价格,跟它讲如今用很少的钱来养活六个人和一只狗是多么的不易。

每逢此时,皮拉姆就亲切地叫唤一声,摇晃着尾巴,拍拍草垫子。

"不,你不知道我维持这个家庭有多难。你和那些男人们一样,以为厨娘只花一点点钱就能搞定一切。黄油涨价了,鸡蛋也贵得买不起了,但这些在你看来是无所谓的。"

但是，这次，勒皮克夫人让大家吃了一惊：她直接对勒皮克先生说话。确实是对他讲的，问他要一点面包来吃完自己的果泥。这是毫无疑问的事实：首先她看着他，其次面包就放在勒皮克先生面前。勒皮克先生很惊讶，他犹豫着，用指尖在自己的盘子里捡了块面包，表情阴沉而难堪。然后，他迅速把面包扔给了勒皮克夫人。

悲剧还是喜剧，谁知道？

埃尔奈斯蒂娜看到自己的母亲受到了羞辱，内心涌起一阵恐慌。

“爸爸今天心情不错嘛。”菲利克斯放肆地骑着椅背，心中这样想。

至于胡萝卜须，则不露一点儿声色，嘴角挂着唾沫小泡，嘴巴里塞满了炸土豆条，耳朵里嗡嗡作响。他竭力克制着自己，因为他濒临怒火爆发的边缘。倘若不是勒皮克夫人及时离开了餐桌，他会像火山一样爆发的，因为在儿子和女儿面前，勒皮克先生竟然把孩子的母亲当做最下贱的女人一般对待。

喇 叭

今天早上勒皮克先生从巴黎回来了。他打开旅行箱,从中拿出给菲利克斯和埃尔奈斯蒂娜的礼物,都是他们期盼已久的礼物,甚至都梦想了一夜呢。然后,勒皮克先生将手藏到身后,开心地看着胡萝卜须说:“你呢?喇叭和枪,你更喜欢哪个?”

事实上,胡萝卜须是个谨慎小心的孩子。他喜欢喇叭,因为它不会发射子弹。但是他总是听说他这么大的孩子只能认真地玩武器类的玩具、打仗的工具等等。他这个年龄的男孩子该闻一些火药味儿,破坏一些东西才是。他爸爸了解孩子们,肯定带回来了合适的玩具。

“我更喜欢枪。”他说得很果断,并且深信自己肯定猜中了。

他甚至更进一步地说道:“别藏了,我看见了。”

“啊?”勒皮克先生尴尬地说:“你更喜欢枪?你的兴趣变了吗?”

胡萝卜须立马改口:“不!爸爸,我开玩笑的。放心好了,我不喜欢枪,快把喇叭给我吧,我会向你证明吹喇叭会让我有多开心。”

勒皮克夫人:“那你为什么要撒谎呢?想让你爸爸不高兴,是吗?要是喜欢喇叭,就不会说喜欢枪,尤其是在什么也没看见的情况下还说自已看见枪了。所以，为了给你个教训，枪和喇叭，你一个也别想得到！看好了，这个喇叭上有三个红色绣球，还缀有金色流苏旗帜。看够了吧，现在，你可以滚到厨房去了。滚，快滚，拿手当喇叭吹吧。”

壁橱顶上放着一张白布，卷着那有三个红色绣球并且缀有金色流苏旗帜的喇叭。胡萝卜须的喇叭无言地躺在那里，似乎在等人吹响，又似乎在等待着最后的审判。

一绺头发

每到星期天，勒皮克夫人就会要求她的孩子们去做弥撒。他们必须要打扮得漂漂亮亮的，埃尔奈斯蒂娜主动请缨给他们梳洗，甚至不惜自己落后。她给他们挑选领带，修剪指甲，分发祈祷书，并把最厚的那本给了胡萝卜须。特别值得一提的是，她还给两兄弟涂了发蜡。

她热情奔放，干劲十足。

胡萝卜须像木偶一样任她摆布。菲利克斯则警告妹妹不要这么胡闹，否则他就会生气。

因此她耍了个小聪明。她说："这次，是我忘记了你不爱涂发蜡，我不是故意这么做的，我向你保证从下个周日起，我再也不这么做了。"

她总是能成功地给他涂上一点儿发蜡。

"总有一天我会发火的。"菲利克斯说。

今天早上，他把头埋在脸盆中洗脸时，埃尔奈斯蒂娜又一次狡猾地给他抹上了发蜡，他却一点儿没发觉。

她说："看吧，我可是遵照你的吩咐，什么都没做，你可别再抱怨啦。发蜡罐子就放在壁炉旁边，都没打开呢。我很好吧，一点儿发蜡都没给你涂。胡萝卜须的头发要用水泥才能粘住，而你的头发，完全用不上发蜡。你的头发是自然卷，整个脑袋就像一只花椰菜，上面的造型肯定不会乱掉的。”

“谢谢你。”菲利克斯说。

他不再疑心，站起来，忘记了像往常一样用手抹一下头发。

埃尔奈斯蒂娜终于给哥哥穿戴完毕，给他挂上绣球，戴上白绢丝手套。

“好了吗？”菲利克斯说。

“你像王子一样闪亮。”埃尔奈斯蒂娜说，“要是再戴上遮阳帽就更完美了。遮阳帽在衣橱里，你自己去拿吧。”

但是菲利克斯搞砸了这完美的一切。他站在衣橱的镜子前照了照，然后跑进厨房，打开橱柜门，拿出一瓶水，全部浇在了头上。

“我跟你说过了，妹妹，”他说，“我不喜欢别人在我面前耍把戏。你还嫩着呢，骗不了我这个老手。下次再敢这么做，我就把你的发蜡扔到河里去。”

水顺着头发滴下来。专门在星期天穿的礼服也在滴水，全都湿了，他在等别人来给他换一身，或者就让太阳把它晒干，随便怎样，对他来说都无所谓。

“好帅啊！”胡萝卜须心想，钦佩得目瞪口呆，“他谁也不怕，但是如果我也像他那样做的话，会被人笑死的。最好还是让人认为我不讨厌发蜡吧。”

但是当胡萝卜须放任自己，习惯了妥协时，他的头发偷偷给他报了仇。

头发被发蜡强行按住，躺在那里好久了，好像已经僵死了。

但接着又活跃起来，一种无形的力量使那层闪亮的薄膜变得凹凸不平，并最终把它冲破。

仿佛是一块留茬地解冻了。

没过多久，一绺头发就站了起来，挺拔地，自由自在地，在空气中直立着。

洗　澡

四点钟的钟声马上就要敲响了，勒皮克夫妇在花园的榛树底下睡觉，兴奋的胡萝卜须走过来叫醒了他们。

他说："我们出发吧？"

菲利克斯："走吧，穿上短裤！"

勒皮克先生："现在还很热呢。"

菲利克斯："我倒是喜欢有点儿太阳照着。"

胡萝卜须："爸爸，待在水边比躺在这里更舒服，你可以在草地里睡觉。"

勒皮克先生："走吧，到前面走，慢点，当心中暑。"

胡萝卜须努力克制着自己才放慢步子，却已感到两脚发麻。他的肩上背着他那素色无花纹的短裤和菲利克斯的红蓝相间的短裤。他神色愉悦，嘴里喋喋不休，自顾自地唱着歌，不时跳起来去够树枝。他一边对着空气做游泳的动作，一边对菲利克斯说："那条河一定很美吧，你觉得呢？我可要好好扑腾扑腾了。"

"就你机灵。"菲利克斯回答，摆出一副倨傲而古板的神态。

胡萝卜须突然安静下来。

一堵不加泥灰干垒的石头墙横在面前，胡萝卜须轻快地第一个跳了过去。然后，一条奔流的河出现在他面前，胡萝卜须惊讶地看着眼前的景色，刚才那种说笑的时刻已经成为过去，他忘我地欣赏着美景。

阳光投射在清澈的河面上，水面一片波光粼粼。

水波荡漾，散发出一种淡淡的气味。

这时，应该做的就是跳进河里尽情地玩耍。但是勒皮克先生不时看一下表，确认一下是否到了时间。胡萝卜须哆哆嗦嗦，浑身颤抖。他怀着无比兴奋的心情来到这里，此时却失去了勇气，那波光粼粼的河流吸引他远道而来，却又让他胆怯。

胡萝卜须走到远处，开始脱衣服。他并不是怕别人看见自己的脚丫子和瘦弱的身体，而是因为这样他可以独自一人毫无羞愧地颤抖。

他一件一件地脱掉衣服，并把它们细心地折叠起来，放在草地上。他把自己的鞋带系上，又花很长时间解开鞋带。

他脱掉短衫，穿上短裤，身上出了汗，纸腰带像被苹果糖黏住了似的贴在身上。他又磨蹭了一会儿。

菲利克斯已经跳到河里去了，此时正在自由自在地拍打着河水。他用双臂轮流击水，还用脚拍打河水，于是河面泛起很多泡沫。他在河中心猛烈击拍，把一堆堆怒气冲冲的浪花驱赶到河的边沿。

“你不想下来玩玩吗，胡萝卜须？”勒皮克先生问。

“我等身子晾干了再下去。”胡萝卜须说。

最终他决定下水。他坐在地上，用一个脚趾试探一下水。那双脚长期挤在太小的鞋子里，脚趾都被勒坏了。同时，他摸了摸自己的肚子，好像帮助消化一样。然后，他沿着草根滑下了水。

草根刺痛了他的小腿、大腿和屁股。河水刚没过他的肚子的时候，他就跳了起来想要逃开。他感到有一条湿漉漉的绳子缠绕在他的身体上，仿佛缠绕着一只陀螺一般。突然，他所依托的那方土块坍塌了，胡萝卜须掉进了河中。他从水面消失，又扑腾着露出水面，咳嗽、吐水，同时窒息、失明和耳聋的感觉瞬间袭来。

“不错啊，孩子。”勒皮克先生说。

“是啊。”胡萝卜须：“不管怎样我不是很喜欢这样。水还在耳朵里，头也晕晕的。”

他找了一处浅水，那里是可以学习游泳的地方。他挥动着手臂，膝盖在沙滩上匍匐前进。

“你太着急了。”勒皮克先生对他说，“别那么紧攥着拳头，好像要扯自己的头发似的。你得把僵硬的两条腿摆动起来。”

“游泳时不用双腿更难办到。”胡萝卜须说。

菲利克斯总是来打扰他，使他不能专心用功。

“胡萝卜须，到这里来。这里的水比较深。脚碰不到底，可以沉下去。你看着啊，现在，你还能看到我，注意了，待会儿你就看不到我了。那么，现在到柳树那边去，别动！我敢打赌，只要游十下就能到达那里。”

“我来数数。”胡萝卜须哆哆嗦嗦，将肩膀露出水面，一动不动，好像一块界石一般。

又一次，他蹲在水中准备游泳。但是菲利克斯爬到他的背上，忽然一下子又钻到了水中。

“该你了，你要是愿意，也可以爬到我的背上来。”

“让我自己安安静静地学吧。”胡萝卜须说。

“好。”勒皮克先生喊道：“你们都出来。每人来喝一口朗姆酒吧。”

“就这样结束了吗？”胡萝卜须说。

如今他又不想从水里出来了。他还没有尽兴游泳呢。在这将要离开的时候，这条河却不再令他感到害怕。他的身体刚才还重得像一块铅，现在却轻如羽毛。他带着一种狂热的情感勇敢地在水中搏击。他一点儿也顾不得危险，就像是冒着生命危险去救人一样勇往直前。他甚至主动沉下水去，来品味溺水的焦虑感。

“快点。”勒皮克先生叫道，“再不上来，朗姆酒就要被菲利克斯喝光了。”

尽管胡萝卜须不喜欢喝朗姆酒，但他还是说：“我不会把自己那份让给任何人的。”

他像个老兵一样，一口就喝掉了自己的那份朗姆酒。

勒皮克先生：“你没洗干净，两个脚踝上沾着污垢。”

胡萝卜须：“这是淤泥，爸爸。”

勒皮克先生：“不是，这是污垢。”

胡萝卜须：“爸爸，你想让我再去洗洗吗？”

勒皮克先生：“你明天再洗吧，我们今天要回去了。”

胡萝卜须：“那太好了！但愿明天天气好！”

他拿着一块菲利克斯没有弄湿的干毛巾，用它擦了擦身体。他觉得头晕乎乎的，喉咙也很干。哥哥和勒皮克先生两人拿他那粗胖的脚趾取笑，他也不禁哈哈大笑起来。

奥诺丽娜

勒皮克夫人:“奥诺丽娜,您多大年纪了?”

奥诺丽娜:“过了万圣节,就是六十七岁了,勒皮克夫人。“

勒皮克夫人:“可怜的人儿啊,都这么老了。”

奥诺丽娜:“这可不妨碍什么,我还能干活儿。我从来不生病,马都没有我强壮呢。”

勒皮克夫人:“奥诺丽娜,我想跟您说件事儿。说不定哪一天,您会突然离世,也许在某个晚上,您从河边回来,觉得身上的背篓比以前更重了,手推车也更难推动,您两膝跪地,摔在车辕间,鼻子贴在刚洗过的衣服上。等人们将您扶起来,却发现您已经死去了。”

奥诺丽娜:“别开玩笑了,勒皮克夫人。您别害怕,我的腿脚还好使着呢。”

勒皮克夫人:“您的背有点驼了,确实如此,不过背驼一点,弯腰洗衣服就没那么累。您的视力也下降得厉害!别否认了,奥诺丽娜,我早就注意到了。”

奥诺丽娜:“哦!我看得很清楚,视力还像刚出嫁时一样清楚。”

勒皮克夫人:“这样吧,打开碗橱,拿出一个盘子来,随便哪个盘子。如果你好好地擦了盘子,那这些水滴是哪儿来的?”

奥诺丽娜:“碗橱里太潮湿了。”

勒皮克夫人:“碗橱里也有在盘子上散步的指印吗?看这些!”

奥诺丽娜:“哪里有啊?夫人,我什么也没看到。”

勒皮克夫人:“奥诺丽娜,这就是你不对的地方了。听着,我不是说你干活儿松懈,我承认我从没见过像你一样精力充沛的女人。只是,你老了,我也是,我也老了。我们都老了。单凭一副好心肠是不够的。我敢打赌,你有时会感到眼睛里有白内障,用手揉也没用,挥之不去的白内障。”

奥诺丽娜:“但是,我把眼睛睁得大大的,也不会有头被浸在水桶里的感觉。”

勒皮克夫人:“不,奥诺丽娜,你要相信我。就在昨天,你给了勒皮克先生一只脏杯子。我什么也没说,怕说出来会让你难过。勒皮克先生也什么都没说。他不说,但什么也逃不过他的眼睛。要是以为他不在意,那就错了。他可看着呢,把一切都记在脑中。他只是简单地用手指推了推杯子,那顿午饭他连酒也没喝。我真为您感到难过,也为他感到难过。”

奥诺丽娜:“也真是怪事,勒皮克先生竟在仆人面前拘谨!他只要说一声,我就给他换个杯子啦。”

勒皮克夫人:“如果勒皮克先生决定沉默,那么再精明的人也无法使他开口。我自己都已经放弃了。何况,问题不在这里。我要说的是,你的眼睛越来越不管用。如果你只是做些粗活儿,洗洗衣服还行,细致的活儿你就做不来了。虽说这么做要增加些开销,我还是愿意找一个人来帮帮你……”

奥诺丽娜:“我跟在我面前碍手碍脚的女人是合不来的,勒皮克夫人。”

勒皮克夫人:“我正要说这个呢,那怎么办呢?老实说,你能给我什么建议呢?”

奥诺丽娜:“我会在这里一直干到死去的。”

勒皮克夫人:“死去?奥诺丽娜,你是这么想的吗?你可能会比家里每一个人都活得长久,我真心希望你能长命百岁。难道你认为我希望你死吗?”

奥诺丽娜:“你不会因为我有一次没用抹布把盘子擦干净就要将我辞退吧?我绝不会离开这所房子,除非你把我扔出门。要是我被赶出去了,就只剩死亡了。”

勒皮克夫人:“谁说要赶你走了,奥诺丽娜?你都急红脸了。我们只是面对面地聊聊天罢了,你怎么就生气了,说了这么一大堆傻话!”

奥诺丽娜:“天啊,这能怪我吗?”

勒皮克夫人:“难道怪我?你只是视力下降,这不是你的错,也不是我的错。我希望医生会把你治好。我们两个人谁更为难呢?你认为自己的眼睛没有毛病,可是家务活儿却出了问题。我善意地提醒你,不希望发生什么意外,何况我也有这个权利,只是温和地提出意见而已。”

奥诺丽娜:“你想怎么提意见就怎么提吧。看您方便,勒皮克夫人。刚才我以为我要被赶到大街上了,您放心吧,我会擦干净盘子的,我保证做到。”

勒皮克夫人:“这样最好了,我可没有外面传说的那么坏,不到万不得已,我是不会解雇你的。”

奥诺丽娜:“真到那个时候,不用您开口,我自己就会走的。现在我觉得我还有点用处,您要是赶我走,我可真是冤枉。如果有一天,我成了你们的负担,连一壶开水都不会烧了,我会马上走人,自己走,不用人赶我。”

勒皮克夫人:“奥诺丽娜,不要忘了,家里永远为你留着一碗汤。”

奥诺丽娜:“不了,勒皮克夫人,不用汤,只要面包就好。马伊特大妈只吃面包,也依然活得好好的。”

勒皮克夫人:“你知道吗,她至少有一百岁了。还有另外一件事,你知道吗,奥诺丽娜?我跟你说,乞丐都比我们过得幸福呢。”

奥诺丽娜:“既然你这么说了,那我也是这么认为的。勒皮克夫人。”

锅

胡萝卜须为这个家做贡献的机会很少。于是,他蜷缩在一个角落里,静待机会经过。时机一到,他便不假思索,立马从阴影中走出来,像一个智者,走在激动喧闹的人群中间,却时刻保持着头脑的清醒,把握着事情发展的方向。

他猜想勒皮克夫人可能需要一个聪明可靠的帮手,当然,她并不承认这一点,她太骄傲了。但是他们之间形成了一种心照不宣的协议,而且胡萝卜须是主动去做的,不为获得鼓励,也不为得到报酬。

他下定决心做点什么。

从早到晚,壁炉的铁钩上都挂着一只铁锅,锅里一直在烧水。冬天,大家需要很多热水,即使在锅里灌满水,烧开后也很快就用完了。炉火熊熊燃烧,锅里的水也在滚滚沸腾着。

夏天,只有在饭后洗碗时才用得到热水,其余的时间,几乎不用热水。水面在翻滚,不时发出一阵轻微的声响。两根木柴静静地躺在锅肚子底下,冒着缕缕青烟,几乎要熄灭了。

有时奥诺丽娜听不到声响了,便会弓起身子,侧耳倾听。

“水都烧干了。”她说。

紧接着她把一桶水倒进锅里,拨拨木柴,再弄下炉灰。不一会儿,温柔的水声又开始欢快地响起,然后奥诺丽娜便静静地忙别的事情去了。

有时有人跟她说:"奥诺丽娜,你为什么要烧这么多水,你又用不到?把锅拿走,熄灭柴火。你这么烧下去好像柴火不要钱似的。寒流一来,那么多穷人会冷得要死。你可真是个节约的人啊!"

她摇了摇头。

她总是能看到一口锅挂在壁炉的铁钩上。

她也总是能听出水沸腾的声音,听出水是否干了,无论下雨、刮风还是烈日炎炎,她总是要把锅添满水。

现在,她甚至不需要触摸壁炉,也不需要看,就能了然于胸。她只需倾听,就知道锅是否空了。一旦她听出锅已经空了,她就加入一桶水,这个动作好像用线穿珠子一般熟练,她是如此地习惯,到目前为止,她还从来没有错过。

今天是她第一次出错。

水全部浇在了火上,一阵烟灰像是被打搅到的猛兽一般,向奥诺丽娜扑过来,裹挟着她,灼烧着她,令她感到窒息。

她大喊一声,剧烈地咳嗽着,倒退了好几步。

"可恶!"她说,"我以为是魔鬼从地里钻了出来。"

她的眼睛被熏得很痛,两只被壁炉熏黑的手在四处摸索着。

"啊!我知道了。"她显得有些慌张,"锅不在上面了。"

"不对呀!"她说,"这我就搞不懂了。刚刚锅还在上面呢。肯定在,我还听到了里面的水发出哨子一样的叫声呢。"

肯定有人在奥诺丽娜向窗外倾倒满满一围裙豆壳时,趁机将锅拿走了。

但是那个人是谁呢?

勒皮克夫人站在卧室里的草垫子上,神情十分严肃。

“什么声音,奥诺丽娜?”

“声音!当然要发出声音!”奥诺丽娜喊道,“这么倒霉的事我能不喊吗?差点没把我烧死。你看看我的木鞋,我的裙子,我的手!瞧瞧,我的上衣上沾满了泥巴,口袋里全是炭灰。”

勒皮克夫人:“看看这从壁炉里流出的一摊水,奥诺丽娜,你能弄得更脏点吗?”

奥诺丽娜:“是谁拿走了我的锅,也不和我打个招呼。不会是您拿的吧?”

勒皮克夫人:“这只锅是家里所有人用的。奥诺丽娜,难道你的意思是说,我,或者勒皮克先生,或者我的孩子们要拿走这只锅还必须经过你的同意吗?”

奥诺丽娜:“我气糊涂了才会说这样的蠢话。”

勒皮克夫人:“你这是在气我们呢,还是气你自己呢?我诚实的奥诺丽娜,你在气谁我一点儿也不好奇,我只是想知道事实而已。你告诉我是怎么回事呀。找借口说锅不见了,你就往火里浇水,还顽固地不承认自己的笨拙,又把责任推到别人身上,甚至推到我身上。太过分了!真是太过分了!”

奥诺丽娜:“我的小胡萝卜须,你知道锅在哪儿吗?”

勒皮克夫人:“他怎么知道,一个什么都不懂的小孩子怎么会知道?不谈锅的事情了。你还记得你昨天说过的话吗?‘如果有一天,我成了你们的负担,连一壶开水都不会烧了,我会马上走人，自己就走了，不用人赶我。’我确实觉得你的眼睛不好使了，但是我真的没想到你的行为如此令人失望。我什么也不说了，奥诺丽娜，如果你是我你会怎样？你和我一样清楚状况，做个决定吧。哦！这种情况的确令人难过，确实值得一哭。”

没有说出来的话

“妈妈！奥诺里娜！”他到底想做什么呢，胡萝卜须？眼看他就要把整个事情都搞砸了。幸好，在勒皮克夫人冷冷的注视下，他及时停了下来。

为什么要对奥诺丽娜说“是我，奥诺丽娜”？

什么也无法救这个老人。她眼睛不好使了，看不清了，这对她来说已经够糟糕的了。何况她迟早都是要走的，他的承认只会让她更加痛苦。还是让她就这么离开吧，她不会怀疑胡萝卜须，只会觉得这是命运的打击。

而且为什么要告诉勒皮克夫人“妈妈，是我”？

为什么要把这个不值得表扬的行为讲出来呢？是为了乞求一个嘉许的微笑吗？这样一来，他就会冒一定的危险了，妈妈会当着大家的面责备他，说他多管闲事。所以，最好还是装作若无其事，和妈妈、奥诺丽娜一起找锅吧。

三个人一起去找锅时，胡萝卜须表现得特别积极。

而勒皮克夫人，则是一副事不关己的样子。不一会儿，她便第一个放弃了寻找。

奥诺丽娜听之任之，嘟嘟囔囔地走远了。胡萝卜须由于想认真寻找，几乎闯了祸。他很快反省过来，这样又仿佛把自己装进了套子，好像一个不被人需要的刑具一般。

阿加特

这个女孩叫做阿加特，是奥诺丽娜的孙女，接替她来做事。

胡萝卜须好奇地观察着这个新来的女孩，她在未来一段时间里，将把勒皮克一家对胡萝卜须的注意力转移到她自己身上。

勒皮克夫人：“阿加特，进门前要记得先敲门，但这并不意味着要像拿拳头打马似的把门撞破。”

胡萝卜须想：开始了，那我在吃午饭的时候等着看热闹好了。

大家一起在大厨房里吃饭。阿加特呢，她胳膊上搭着一条餐巾，随时准备从火炉边跑到碗橱旁，然后再从碗橱那里跑到餐桌旁。她一点也不懂得如何稳重地走路，不一会儿便脸红气喘了。

而且她讲话太快，笑声太大，也太急于求成。

勒皮克先生首先坐了下来，展开餐巾，把碟子推向面前的饭菜，拿一些肉，一点儿调味汁，再把碟子拉回来。他自斟自酌，腰背略弯，目光落在盘里的食物上。今天和往日一样，他神情淡漠，吃得不多。

当他要换一道菜时，他身子前倾，轻移臀部。

勒皮克夫人自己照料孩子们吃饭。首先是菲利克斯，因为他的胃在叫嚣；然后是埃尔奈斯蒂娜，因为她是长姐；最后才轮到坐在餐桌最边上的胡萝卜须。

胡萝卜须从不要第二次，好像这是一个禁忌一样。一份菜应该够了，但是如果有人给他夹菜，他就接受。然后也不喝酒，只管用他不喜欢的米饭填饱肚子。这样可以取悦勒皮克夫人，因为她是家里唯一一个喜欢吃米饭的。

菲利克斯和埃尔奈斯蒂娜想吃第二份时，他们像勒皮克先生一样，把碟子推到饭菜旁边。

但是没有人说话。

阿加特心里想：他们是怎么一回事呢？

其实他们什么事也没有，就是这样而已。

她忍不住打了个哈欠，胳膊向两旁分开，一前一后。

勒皮克先生吃得很慢，好像在嚼玻璃碴子一般。

勒皮克夫人在吃饭间隙，比喜鹊还聒噪，她用手势和头部动作指挥布菜。

埃尔奈斯蒂娜抬起眼睛望向天花板。

菲利克斯咬着面包。胡萝卜须则在做复杂的考量：没有了酒杯，他担心会把盘子里的东西太早吃光，那样会显得太贪吃，但也不能太晚吃光，那样会显得有些迟钝。

突然，勒皮克先生去拿了一瓶水。

“这件事本该由我去做。”阿加特说。

或者，她不说出来，只是想想而已。已经犯下的错误，她也不敢大声去纠正。但是由于她自认为有错，所有就加倍注意。

勒皮克先生几乎没有面包了。这次阿加特没让他先起身。她是如此地关注勒皮克先生，以至于勒皮克夫人用严厉的语气说：“阿加特，你长成一根树枝了？”以此来提醒她遵守秩序。

“在呢，夫人。”阿加特回答。

她更加注意了，眼睛不离开勒皮克先生半步。她想对他献殷勤，尽力让对方注意自己。

时机到了。

勒皮克先生咽下最后一口面包时，她赶忙跑到碗橱那里，拿来一块两斤重的圈形面包，满心欢喜地拿给先生，心里很高兴，觉得自己一定猜准了主人的心意。

但是，勒皮克先生放下餐巾，离开餐桌，戴上帽子，到花园里抽烟去了。

他一旦停止用餐，就不会再回来接着吃。

阿加特傻傻地站在那里，手里拿着那两公斤重的圈形面包。面包垂在她的肚子上方，仿佛是给救生装置工厂做广告的蜡人儿。

计　划

“这使您受惊了吧?”胡萝卜须说。当只剩他和阿加特两个人在厨房的时候,他对她这么说,“别气馁,您会有其他收获的。但是现在,您要把这些瓶子拿到哪里去呢?”

“酒窖。胡萝卜须先生。”

胡萝卜须:“不好意思,该我去酒窖的。女人们总是滑倒,会打破瓶子,所以从我会下楼梯的那天起,我就成了可靠的男人。我可以分辨出酒瓶上红色和蓝色的标签。

我把这些旧的酒桶卖掉,还有那些野兔也卖掉,赚点小钱,然后交给妈妈。

我们商量一下吧,别干扰了对方的工作。

早上我打开狗窝的门,喂它吃肉汤。晚上吹哨唤狗睡觉。要是它从街上回来晚了,我就等着他。

另外,妈妈让我每天去关鸡窝的门。

我去拔草,这就得会辨认那些草。我打掉草根上的泥土,将泥土填在留下的坑里,再将这些草分给牲口吃。

为了锻炼自己,我还帮爸爸锯木头。

我把野味杀死,您和埃尔奈斯蒂娜去给它拔毛。

我剖开鱼肚子,掏空,然后把鱼鳔踩在脚下,‘啪’地一声踩破。

但是，要由你来刮去鳞片，并且从井里提水上来。

我还要帮忙绕线团儿。

磨咖啡。

爸爸把脏鞋子脱下来后，我负责把它们放到走廊里。埃尔奈斯蒂娜不会让别人代替她做一件事，那就是把她的绣花拖鞋拿下来。

我负责一些重要的任务，比如走一长段路去买药，或者叫医生。

至于您，您负责到村子里去买些零碎的生活必需品。

但是，您得在一天内花整整两三个小时在河边洗衣服。这将是您最繁重的工作了，可怜的女孩，我在这件事上爱莫能助。但是偶尔，如果我有空的话，晾衣服时，我可以搭把手，帮您把衣服晾到篱笆上。

我想想，给您个建议吧。千万别把衣服晾到果树上。爸爸看到的话，一抬手就给你扔到地上，妈妈则会叫你重新去洗。

擦皮鞋的时候，注意在打猎穿的鞋子上多擦点鞋油，而高帮皮鞋上，则要少擦鞋油，否则就太刺激鞋子了。

裤腿上沾了泥巴的话，别急着去弄干净。爸爸坚信泥巴能使裤子变得更结实。他习惯不挽起裤腿就直接走到泥泞的土地中间。但是，当爸爸带我一起出去，我背着小猎袋时，我喜欢挽起裤腿。

他对我说：‘胡萝卜须，你永远不会成为一个认真的猎人。’

但是妈妈对我说：‘如果你把裤子弄脏了，小心我拧你的

耳朵。'

萝卜白菜,各有所爱。

总之,你也不是很可怜啦。假期时,我们一起分担这些活儿,这样您就可以少辛苦一点。等姐姐、哥哥和我回到学校住宿之后,就跟以前一样了。

另外,不是每个人都看起来很坏。问问我们的朋友,他们会跟你说:埃尔奈斯蒂娜温柔善良;菲利克斯有一颗金子般的心;勒皮克先生很直率,这个是肯定的;勒皮克夫人则是一个罕见的厨艺高超的厨娘。可能您会觉得我是这个家里最不好相处的人,其实,我是很好对付的。至少,我很理智,会改正错误,不说虚伪的客套话,我在不断提高自己。您也会尽自己的一份力量,我们会和睦相处的。

不,别叫我先生,叫我胡萝卜须,和大家一样。这个叫法比勒皮克儿子先生省事多了。只是,请不要跟我以'你'相称,别跟我讨厌的奥诺丽娜一样,因为她总是让我感到很恼火。"

盲　人

他拿盲棍谨慎地敲着门。

勒皮克先生说："又怎么了，那个人？"

勒皮克夫人："你不知道吗？他想要十文钱，今天正是施舍的日子。让他进来吧。"

勒皮克夫人开了门，拉住他的胳膊，猛地把他扯进来，外面太冷了。

"你们好啊，所有人都在这儿吧。"

他向前走了几步。他的盲棍在地面上轻轻敲击，仿佛在驱赶耗子一般，然后棍子碰到了椅子。他坐了下来，把冻僵的手伸向火炉。

勒皮克先生拿出十文钱，对他说："给！"

然后不再理他，继续读报纸。

胡萝卜须蹲在角落里自娱自乐。他看着这位盲人的靴子，靴子上滴着水，流下来，在周围流出一些水道。

勒皮克夫人瞧见了。

"把您的靴子给我，老先生。"她说。

她把靴子放到壁炉旁，但是太晚了，靴子下已经积了一摊水，盲人的脚感到了湿意，便抬起来，两脚交换着抬起，避免碰到泥泞的雪水，而这雪水已经扩散出老远。

胡萝卜须用指甲摩擦着地面。注意到有水向他这个方向流来，他便在地上划出一些深深的沟壑来。

“他拿到了十文钱，还要求什么呢？”勒皮克夫人说，一点也不怕他听见。

盲人开始谈论政治，一开始还有点腼腆，之后就变得自信了。当找不到恰当的词语时，他便摇晃着他的盲棍，在火炉管子上烤着他的拳头，然后很快收回来，犹疑着，永远泪水盈盈的眼睛里白眼球不时地转一转。

有时，勒皮克先生翻转下报纸，说：“有可能，迪西先生，有可能，你确定吗？”

“对，我确定。”盲人喊道，“比如说，这个就很厉害！听我说，勒皮克先生，我将告诉您我是如何成为盲人的。”

“他不会再开口了。”勒皮克夫人说。

事实上，盲人感觉更好了。他讲述着那次事故，四肢伸展开，全身都暖和起来了，血管里的冰块逐渐融化并开始流动。看起来，他的衣服以及四肢都开始渗出油来了。

地上，水泊在不停地扩大，都流到胡萝卜须那里了。

来了，就这么朝着胡萝卜须的方向奔来。

很快他就能玩水了。

然而勒皮克夫人开始实施一个巧妙的计策。她轻触盲人，用手肘撞了他一下，使他往后倒退了一步，一下子坐在了碗橱和衣柜之间。那里，热量是达不到的。盲人很狼狈地摸索着，手脚忙乱，手指跳跃着，好像动物一样。他在黑暗中摸索。寒冷再次袭来，他又要被冻僵了。

盲人结束了他的讲述，用带着哭腔的声音说：“是啊，我的朋友们，都结束了，我失去了眼睛，失去了一切，我的整个世界陷入了沉沉的黑暗。”

他的盲棍脱手了。这正是勒皮克夫人所等待的。她赶忙捡起盲棍，然后装作要交还给盲人，其实根本就没有还给他。

他以为自己拿着了，其实没有。

借助于巧妙的欺骗手法，她又转身离开，回头把靴子拿给他，然后领他到门边。

然后她又轻掐了他一下，仿佛是轻微的报复一般。她把他推到了街上。外面乌云密布，大雪纷飞，狂风更是像被关在门外的恶狗一般怒号着。

而且，在关门之前，勒皮克夫人对盲人大声说了一句话，好像他是聋子一般：

“再见，别落了东西，下周日再见！如果天气好，你还活在这世上的话。天啊，您说得对，迪西老先生，我们永远不知道谁会活着谁会死去。各有各的烦恼，上帝是公平的！”

新年的一天

下雪了。瑞雪兆丰年。

勒皮克夫人谨慎地把院门上闩。男孩子们已经在摇着插闩，从下面撞门。开始还不太厉害，后来则使劲猛撞，用靴子踹门。最后他们不抱希望了，倒退着远去，同时眼睛还望着勒皮克夫人正在窥伺的窗口。他们的脚步声在雪地里闷声作响。

胡萝卜须从床上跳起来，准备去洗脸。他不用肥皂，就在花园里的水槽那里洗。但是水槽冻住了，他得把冰砸开。这个运动让他全身充满了热量，这种热量比火炉的热量更健康。但是他只是假装弄湿脸，因为即使他彻彻底底地洗一遍，人们依然觉得他不干净。

他轻松自在，精神饱满，准备参加新年的各种仪式。他坐在菲利克斯后面，菲利克斯则坐在埃尔奈斯蒂娜后面，因为她是长姐。三个人都在厨房里。勒皮克先生和勒皮克夫人刚刚到，来和他们聚到一起。

埃尔奈斯蒂娜拥抱了他们，说："爸爸好，妈妈好。新年好！祝你们身体健康，以后可以进入天堂。"

哥哥也说了同样的话，说得很快，然后也同样拥抱了爸妈。

胡萝卜须从他的鸭舌帽里拿出一封信。密封的信封上面写道："致我亲爱的父母。"没有写地址。信封上有一幅画，画的是一种稀有的鸟儿，那鸟儿色彩斑斓，栖息在信封的一角。

胡萝卜须把这封信交给了勒皮克夫人。勒皮克夫人把它打开，只见信笺上缀满绽放的花朵，周围是一圈花边。胡萝卜须在花丛间落笔，墨水常常把旁边的字都弄模糊了。

勒皮克先生："我呢，我什么也没有吗？"

胡萝卜须："这是给你们两个人的，妈妈看完就给你。"

勒皮克先生："那么，你是爱妈妈胜过爱爸爸了。那你找一找，看那枚全新的十文钱还在不在你的口袋里。"

胡萝卜须："稍微有点耐心吧，妈妈很快就看完了。"

勒皮克夫人："你有自己的风格，但是字迹如此潦草，我看不清楚。"

"给你，爸爸。"胡萝卜须赶紧说，"现在，给你看，爸爸。"

胡萝卜须站得笔直，等待着爸爸的反应。勒皮克先生看了一次，又看了第二次，根据他的习惯久久地检查着。然后他哈哈大笑，把信放在了桌子上。

这封信已经没有用处了，它的效果已经产生。现在它属于所有人，每个人都可以看。埃尔奈斯蒂娜和菲利克斯轮流传阅，挑着一些拼写错误。说什么这里胡萝卜须该用羽毛笔写，这样看起来更清楚些。之后，他们把信还给了胡萝卜须。

他把这封信反过来转过去，尴尬地笑着，好像在问："谁愿意接受这封信？"

最后，他把信塞回了鸭舌帽里。

现在要分发新年礼物了。埃尔奈斯蒂娜得到一个比她还高的布娃娃，菲利克斯收到一个盒子，里面是些剑拔弩张的战士模型。

勒皮克夫人对胡萝卜须说："我给你准备了个惊喜。"

胡萝卜须："啊，好的。"

勒皮克先生："为什么说'啊，好的'？既然你知道了，就没必要展示给你了。"

胡萝卜须："我真的什么也没看到。"

他把手举到空中，表情严肃，一副确实如此的样子。勒皮克夫人打开碗橱。胡萝卜须喘了一口气。她伸长胳膊，慢慢地，神秘地，取出黄纸上一只心爱的红烟斗。

胡萝卜须立即喜笑颜开，他知道有待他去做的事情是什么。很快，他开始在父母面前抽烟，在菲利克斯和埃尔奈斯蒂娜嫉妒的关注下抽烟（但不是所有人都能看到）。他仅用两指夹着心爱的红烟斗，挺起胸，把脑袋向左歪，张圆嘴巴，脸颊凹进，用力大声吸气。

然后，他吐出一大口烟，说："不错啊，通气很好。"

往 返

勒皮克家的公子和小姐们放假归来。他们从公共马车上一跳下来，远远便看见他们的父母，胡萝卜须想：现在是要向他们跑去吗？

他犹豫着：太早了，我喘口气，并且没必要夸张。

他依然犹豫不决：我该从这边开始跑吗？不是，从那边！

他自己问自己一些问题：是不是应该拿掉鸭舌帽呢？先拥抱哪一位呢？

但是菲利克斯和埃尔奈斯蒂娜已经冲在前面，此刻正享受着家庭的温馨。等胡萝卜须到的时候，那温馨的氛围已经消失了。

勒皮克夫人说："怎么，你这个年龄还叫勒皮克先生'爸爸'吗？叫他'我的父亲'，然后跟他握握手，这样更像个男子汉。"

之后，她吻了他的额头一次，以免引起嫉妒。

胡萝卜须在假期里过得很高兴，甚至都喜极而泣了。他经常这样，常常在表现情绪时有失分寸。

距离返校的日子还很遥远（返校日定于星期一上午，10 月 2 日，以圣灵弥撒开始），勒皮克夫人跑向孩子们，来拥抱他们，但是却没抱胡萝卜须。他耐心地等待着，希望能轮到自己，手已经向马车顶上的皮带伸过去，做好了告别的准备。在这个悲伤的时刻，他不由自主地低声唱了起来。

“再见，我的母亲。”他严肃地说。

“瞧瞧！”勒皮克夫人说，“你把自己当什么人了？跟大家一样叫我‘妈妈’会掉块肉吗？你们看到了吗？一个嘴上无毛、还流鼻涕的小毛孩子就想拿架子了！”

然而，她还是吻了一下他的额头，以免引起嫉妒。

蘸水钢笔

圣·马可学校,勒皮克先生把菲利克斯和胡萝卜须送到这里来上中学。每天学生们要做四次同样的散步。这种散步是很舒适的。即使遇上下雨,因为路程很短,孩子们也只会觉得凉快惬意,并不会真的被雨淋湿。这样年复一年的散步对学生们的身体健康是有益的。

当他们今天早上从学校回来时,他们盲从地拖着沉重的步子。胡萝卜须低着头走路,突然听到有人说:"胡萝卜须,看,那边是你的父亲。"

勒皮克先生喜欢给男孩子们带来惊喜。他来之前,没有写信,毫无预兆,就这么让他们突然看到他。他正站在对面的人行道上,街角边。他的手背在后面,嘴里叼着一支烟。

胡萝卜须和菲利克斯从队伍里面出来,跑向爸爸。

"真的!"胡萝卜须说,"我以为是谁呢,怎么也想不到是您。"

"你看到我的时候,就知道是我了。"勒皮克先生说。

胡萝卜须想回答几句温馨的话,却想不出什么词儿来。他踮起脚尖,用力拥抱他的父亲。第一次,他触到了爸爸唇边的胡子。但是勒皮克先生的动作很僵硬,抬着头,好像躲避似的。然后他倾下身来,又往后退了一下,与正在寻找他的脸颊的胡萝卜须错开了。胡萝卜须只是擦过了鼻子，空吻了一下。他不再坚持，感到很困惑，想努力弄明白父亲为什么这么奇怪地迎接他。

他想："爸爸不爱我了吗？我看到他吻菲利克斯了。爸爸没有迎接我的吻，反而避开了。为什么他要躲避我的亲吻？他想让我嫉妒吗？一般来说我都是这样吻他的啊。我离父母这么远，非常想见到他们。我真的好想像一只小狗一样跳到他们的脖子上去。我们将互相享受对方的爱抚。但是现在，他们冷落我了。"

因为陷入了如此悲伤的想法中，胡萝卜须在回答勒皮克先生的问题时回答得不好。勒皮克先生问他的希腊语有没有进步。

胡萝卜须："看情况，希腊文译成法文比法文译成希腊文要好一些，因为前者可以猜。"

勒皮克先生："德语呢？"

胡萝卜须："爸爸，德语发音很难。"

勒皮克先生："哦，如果你不懂他们的语言，和普鲁士打起仗来你怎么办？"

胡萝卜须："啊！从现在到宣战，我一定会对德语感兴趣的。在我毕业之前，战争是不会爆发的。"

勒皮克先生："最近的几次写作考试，你得了第几名？我希望你不是最后一名。"

胡萝卜须："总有人排在最后一个。"

勒皮克先生："哦，我想请你们吃午饭。但是今天不是周末，我不太愿意打扰你们学习。"

胡萝卜须："我没有什么大事，你呢，菲利克斯？

菲利克斯："正好，老师今天上午忘记给我们布置作业了。"

勒皮克先生："你最好复习一下。"

菲利克斯："啊！我已经提前预习了，爸爸。和昨天学的一样。"

勒皮克先生："不管怎样，我希望你们回去。到周末时，我尽量补回这顿饭。"

菲利克斯噘着嘴，胡萝卜须也沉默着，分别的时刻还是来了。

胡萝卜须焦急地等待着："我倒要看看我的学业是否会更好些，现在亲吻父亲是否会使他不高兴。"

最后他下了决心，他直直地望向爸爸，嘴巴翘起，靠近爸爸的脸颊。

但是勒皮克先生，一只手做着防备的动作，把他隔开了一段距离，说："你耳朵上的蘸水钢笔会刮伤我的眼睛的。你亲我的时候不能把钢笔拿开吗？我可是把自己的烟扔掉了呢。"

胡萝卜须："哦！老爸，对不起。确实如此，我的粗心可能会导致不幸。有人跟我讲过这个，但是我的蘸水钢笔在耳朵上挂着很舒服，我一直挂在上面，都忘记拿下来了。我应该至少把钢笔拿走！啊，老爸，我的钢笔竟让您感到害怕！得知这一点我很高兴。"

勒皮克先生："哦，你笑是因为差点把我弄成独眼？"

胡萝卜须："不，老爸，我笑是另有原因。我在想：我的脑袋里怎么会有那么荒唐的想法呢。"

红脸颊

一

每天的例行检查接近结束了。圣·马可学校的校长先生离开了宿舍。每个学生都钻进了各自的被子里,好像钻进套子里一般。他们蜷缩着身体,以免从不够宽大的被子里露出来。魏尔隆学监向四周环视了一圈,确定所有人都躺下了,然后他踮起脚尖,轻轻地关小了煤气灯。很快,相邻床位的学生们就开始叽叽咕咕地谈话。床板间,小声耳语此起彼伏,话语声越来越大,发展成低沉的嘈杂声,甚至不时冒出短促的口哨声。

低沉的声音在继续嘈杂作响,到最后,仿佛是一群老鼠在寂静中不停地啃咬东西,叽叽咕咕个不停。

魏尔隆穿上拖鞋,在床笫间溜达。他轻轻挠挠这个学生的脚丫,又拽拽那个学生软帽上的绒球,然后停在马尔索旁边。这个学生每天晚上都讲话到深夜,他把这个学生作为典型。常常学生们都已经停止交谈了,一个个仿佛窒息一般,好像他们已经把被单塞进了嘴里,然后睡着了。这个时候,学监依然倚在马尔索的旁边,肘部长时间支撑在床边的铁架上,手臂麻木了,从手臂表面直到手指,像有无数只蚂蚁在忙乱地搬家,他都无动于衷。

他以听孩子们的故事为乐，这种私密的信任和推心置腹的谈话让他更为清醒。他温柔地看着那透明娇嫩的脸颊，好像里面会发出光来。皮肤嫩滑似果肉，最轻微的空气振荡就能使皮肤下那纵横交错的纤细脉络清晰地显现出来。这种莫名而突然的亲近使得马尔索的面颊闪现出诱人的红色，好像小女孩一般。同学常常拿指尖按在他的一边脸颊上，然后突然松开，留下一个泛白的点，这个点很快便恢复成可爱的红晕。红晕很快晕染开，好像一滴红酒在纯净水中晕染开来。红晕有细微的差别，颜色不断加深，从鼻尖的粉红色直到耳朵上的淡紫色，色泽递进，层次丰富。每个人都能抚摸马尔索，他也随和地任大家抚摸。大家叫他"老婆婆""灯笼""红脸颊"。自然而然地，脸红让他成为了大家嫉妒的对象。

胡萝卜须睡在马尔索的邻床，和大家一样嫉妒他。胡萝卜须相貌丑陋，无精打采，身材细长，那张毫无血色的脸像是擦上了一层白粉，无论怎么捏它，甚至把它掐痛了，也不会显现出任何悦人的颜色！他出于仇恨，主动用指尖在自己脸上划出道道，甚至刮破了皮，使自己的脸看起来能像马尔索的朱红色。

很长时间来，他一直对此感到很惊奇。这天晚上，他伸长耳朵倾听着。从魏尔隆一来，他便仔细听着，怀疑可能有一些隐秘的原因。他迫切地想知道学监那神秘的神情里的真相。他施展出全套的小间谍本领，可笑地学着打呼噜，装模作样地翻过身去，小心翼翼地把假戏做得不露破绽。他发出一声尖叫，似乎在做噩梦一般，这声尖叫使所有被单都强烈地波动了一下；然后，魏尔隆一离开，他便坐起来，急促地呼吸着，对马尔索说："奶油面包！奶油面包！”

无人应答。胡萝卜须跪下来，抓住马尔索的胳膊，大力摇晃着他：“听见了吗？奶油面包！”

“奶油面包”好像没有听到，绝望的胡萝卜须接着说：“真够肮脏的！你以为我没有看到吗？你说说看他是不是吻你了？你说说看你是不是他的奶油面包？”

他站起来，脖子直挺挺的，好像一只被激怒的白公鸡。在床边攥紧了拳头。

但是，这次，有人应声了：“呃，很好，然后呢？”

学监回来了，突然出现在这里！

二

“是的。”魏尔隆说，“我吻了你，马尔索，你可以承认这点，因为你没有做错什么。我吻了你的额头，但是胡萝卜须不理解。在这个本该纯真的年纪，他却已经道德败坏了。他不理解这是个纯洁而清白的吻，是父亲对孩子的吻，我爱你如子，或者你愿意的话，可以说是像兄长一样爱护你，明天他会到处散播不堪入耳的谣言，那个小傻瓜！”

说这些话时，魏尔隆的声音低沉而颤抖，胡萝卜须假装睡觉。然而，他还是伸出脑袋来听。

马尔索静静地听着学监的讲述，他细细地呼吸着，觉得他的话很自然。他颤抖着，似乎担心某种神秘之事被发现。魏尔隆继续讲着，用极低的声音讲些模糊不清的话语，那话语仿佛是从远处飘来的刚刚落定的一些音节。胡萝卜须不敢翻身，屁股轻轻地动着,悄悄地往这边凑,但还是什么都听不到。他是如此地聚精会神,他感到自己的耳朵好像已经凹陷并且扩展成了漏斗状,但是什么声音也没掉进这个漏斗里。

他感觉好像是趴在门上听里面的讲话一样,他把耳朵紧贴住锁孔,很想用铁钩把这个孔放大,这种欲念很强烈,他很想看到。但是,他敢肯定,魏尔隆又一次说:“是的,我对你的喜爱很纯洁很纯洁,这是那个小傻瓜所不能理解的。”

最后,学监俯下身来,一团阴影温柔地落在马尔索额前。学监吻了他,胡子好像毛笔一般扫过他。然后学监站起来离开了,胡萝卜须望着他远去的身影,看他在一排一排的床之间穿过。当魏尔隆的手触过长枕时,睡着的人便翻一个身,发出重重的叹息声。

胡萝卜须长时间地警惕着。他害怕魏尔隆会突然折回来。马尔索已经在床上缩成了一团,被子盖住眼睛,脑子却无比清醒,他在全力回忆着这场莫名其妙的意外事件。他丝毫看不出这件事有什么能使他感到苦恼的可耻之处。然而,在被单下,在黑夜里,魏尔隆的形象却在明亮亮地晃动着,就像他梦里常常出现的那些令人激动的女人一般温柔。

胡萝卜须在等待中渐渐疲倦。他的眼皮渐渐合拢。他数着灯嘴里不断迸出的那些噼里啪啦的小气泡,数了三下之后,他睡着了。

三

第二天上午,马尔索将毛巾角蘸了一点点冷水,轻轻地擦着怕冷的脸颊。胡萝卜须恶毒地看着马尔索,然后,又一次侮辱他,龇牙咧嘴地迸出几个字:“奶油面包!奶油面包!”

马尔索的脸颊顿时变成了紫色,但是他没有生气,眼神里几乎是哀求:“我告诉过你,事实不是你想的那样。”

学监来检查洗手状况。学生们站成两排,机械地伸出手,先是手背向上,然后是手心,最后很快地缩回来,放到口袋里或者温热的被子下,以此重新使手温暖起来。通常情况下,魏尔隆克制着自己不去看。这次,很不凑巧,他发现胡萝卜须的手不干净。胡萝卜须不愿再到水管那边去冲凉水,便反抗了。说真的,可以看出有一个蓝色的点,但是他坚持说这是冻疮的开端,这肯定是别人找他麻烦。

魏尔隆把他带到校长那里去。

校长一大早就在他那绿色的老办公室里备课,他负责给高年级学生上课。他那粗粗的手指按在桌毯上,桌毯上面放着一些历史坐标:这里是衰落的罗马帝国,中间是被土耳其人占据的君士坦丁堡,然后更远的地方是现代史,不知何时始亦不知何时休。

他穿着宽大的睡袍,刺绣饰绦贴在他健壮的胸膛上,如同几根缆绳缠绕在一根柱子上。这个男人显然吃得太多,他轮廓粗大,皮肤很有光泽。他说话很大声,即使对女人也是如此。他的领子有波纹皱褶,那皱褶缓慢而有节奏地起伏。他的突出特点是眼睛很圆,胡子很厚。

胡萝卜须在他面前站好,鸭舌帽夹在两腿之间,以便保持行动的自由。

校长用可怕的声音问:“怎么了?”

"先生，学监让我来跟您说我的手不干净，但是事实不是这样的。"

胡萝卜须又一次认真地伸出手翻转过来：首先是手背，然后是手心。他为了证明自己：先是手心，然后是手背。

"啊，不是吧。"校长说，"关四天的禁闭，孩子。"

"先生，"胡萝卜须说，"学监跟我过不去！"

"啊！他跟你过不去！八天禁闭，孩子。"

胡萝卜须了解他的对手。这样的状况并没有使他感到惊慌。他下定决心要与一切抗争。他姿势僵硬，双腿夹紧，鼓起勇气，甚至不顾及可能会即将降临的耳光。

因为校长先生有个无伤大雅的癖好，时不时给难对付的学生一个反手耳光。被瞄准的学生如果够机灵，不等巴掌落到脸上，就会蹲下身子。然后校长先生便失去了平衡，引起大家的欢笑。但是他并没有这么做，他的尊严阻止他使用这种伎俩。他应该奉上他要打的脸颊，或者什么都不做。

胡萝卜须真的很大胆，也很为此自豪，他说："先生，学监和马尔索，他们做了些事情。"

马上，校长的眼睛里透出奇怪的光芒，像突然闯进两只小飞虫一样慌乱不安。他把两只攥紧的拳头按在桌子上，站了起来，脑袋前伸，好像要揪住胡萝卜须的胸口似的，然后用喉音问："什么事情？"

他的反应可大大出乎胡萝卜须的预料。他本以为他会扔过来一卷亨利·马丁所著的厚书（或者有一点不一样），比如说，用右手掷过来，这就是所谓的细节。

校长在等着。领子上的所有褶皱都聚到了一起，衬起了赘肉，赘肉之上，是他那五官歪斜的脑袋。

胡萝卜须犹豫了。他想不出该怎么回答，脸上的神情也很疑惑。他弓起背，姿势显得笨拙而尴尬。他伸手去摸两腿间的鸭舌帽，那帽子已经被压扁，皱皱巴巴的。他把帽子轻轻地拿到下巴旁边，慢慢地，悄悄地，带着几分羞涩，小心翼翼地把自己猴子般的脑袋装入棉帽中，一声不吭。

四

同一天，在经历一番简短的调查后，魏尔隆离开了！告别的场面十分感人，几乎是一个悲壮的仪式。

“我会回来的。”魏尔隆说，“这只是短暂的离开而已。”

但是他骗不了任何人。学校马上更新了人员，仿佛担心发霉一般。学监是流动性很强的职业。这个学监和其他学监一样也离开了，只不过，他离开得更快些。几乎所有人都喜欢他，因为他在练习本上写艺术字的水平无人匹敌，比如，某人的希腊语练习本上大写字母好像商业招牌上的字一般。没有人坐在凳子上，大家都围在他的办公室外。他那双好看的手在纸上优雅地滑动，指间一枚绿石戒指不时闪烁着耀眼的光芒。在纸的下方，他签上自己的名字。这个签名的形状好像是一块坠入水中的石头，在规则又灵活的字母波纹中，带出一串花缀，真是件小型艺术品。花缀的尾部散开，消失在花缀的身体里，得仔仔细细地看，寻找很久才能找到。更不用说所有的线条都是一样的粗细。甚至有一次，他成功地画出了错综复杂的尾花。此后很长一段时间里，孩子们都对他赞叹不已。

因此他的离去让学生们非常伤心。

他们一致认为，应该到校长那里去嗡嗡作响，就是鼓起面颊，用嘴唇发出蜜蜂飞翔的声音，以此来表示他们的不满。他们总是惦记着干这种事儿。

这期间，学生们都很伤心。魏尔隆觉得学生们对他很留恋，于是便特意选择在课间休息时离开。他出现在院子里，身后跟着一个男孩，男孩的手里提着他的行李箱。所有孩子都冲了上去。他跟他们握手，拍拍他们的脸，努力松开大衣的下摆，尽量不扯坏衣服。正在练单杠的一些学生一个翻转做到一半就停了下来，跳到地上，张着嘴巴，额头上汗水淋漓，衬衣袖子卷起来，手指也因松香的缘故分开。其他安静些的学生，在院子里站着，挥动着他们的手，作为告别。

拿行李箱的那个男孩佝偻着背，停下来，和魏尔隆保持一定的距离，这个停下来的动作使得五个沾着湿润砂子的手指贴在了白色的罩衫上。马尔索的脸颊呈玫瑰红色，好像是画上去的一样。他那颗朴素的心正经历着初次的痛苦，但是，他又感到很混乱，不想承认自己像个小表妹一样对学监的离开感到难过。他站在外面，很安静，几乎有点儿羞耻。魏尔隆坦然自若地向他走过来，丝毫不感到尴尬。这时人们听到窗户玻璃被打碎的声音。

所有人的目光都望向禁闭室那扇装有栅栏的小窗户。胡萝卜须那丑陋的、像野人一样的脑袋出现在那里。他扮了个鬼脸，好像一只被关在笼子里的凶恶的苍白色小野兽。他的头发盖住眼睛，嘴巴咧开，露出白色的牙齿。他直接将手穿过扎住他的玻璃碎屑,那些碎屑像动物一样咬住他,他用那流血的拳头威胁魏尔隆。

"小傻瓜!"学监说,"这下你满意了!"

"混蛋。"胡萝卜须喊道,他又一拳打碎了另一块玻璃,"为什么您只吻他不吻我?"

他用手上流出的血抹了下脸,又说:"我也有红脸颊,只要我想。"

虱　子

菲利克斯和胡萝卜须从圣·马可学校一回来，勒皮克夫人就让他们洗脚。他们有三个月没洗脚了，因为在寄宿学校没有这项规定。更何况，校规里没有任何条款规定这种情况。

“你的脚该有多黑啊，我可怜的胡萝卜须。”勒皮克夫人。

她猜得很对。因为胡萝卜须的脚总是比菲利克斯的脚更黑。为什么会是这样？两个人生活在一起，吃穿都一样，呼吸着同样的空气。但是，可以肯定的是，三个月后，菲利克斯的脚虽然也不再白皙，但是胡萝卜须，据他自己供认，都认不出自己的脚了。

他感到很羞愧，赶紧把脚伸进水里，动作像扒手一样灵活，甚至都没有看到他把袜子脱了下来。菲利克斯的脚早已在木桶里了。很快，一层污垢像一件织物一样铺展在这四只可怕的脚上。

勒皮克先生像往常一样散步，从一个窗子走到另一个窗子。他又看了一遍儿子们的学期成绩单，尤其是校长先生的评语：

菲利克斯：粗心，但聪明，会赶上来的。

胡萝卜须：当他努力的时候会很突出，但是很难保持努力的状态。

胡萝卜须的成绩有时很突出，这会让家里人感到很高兴。这时，胡萝卜须便把胳膊交叉放在膝盖上，让脚在水里泡着，心中充满了喜悦。他感到自己被审视着:暗红色的头发太长了,这使他变得更不好看。勒皮克先生不喜欢在众人面前表露自己的情感,他只是开了个玩笑,表示出心中的喜悦。他走到胡萝卜须面前,用手指弹了一下他的耳朵,走开时又用手臂轻轻推了他一下。胡萝卜须开心地眉开眼笑。

然后,勒皮克先生把手按在他那乱蓬蓬的头发里,仿佛要捏死他身上的一只虱子似的,把手指弹得噼啪直响。这是他最喜欢的打闹方式了。

然而这一次,他一下子就杀死了一个生命。

"啊,太准了!"他说,"我真是弹无虚发。"

话虽这么说,他却觉得有一点恶心。他把手在胡萝卜须的头上擦了一下。这时,勒皮克太太高高地举起她的双臂,一副受不了的样子。

"我早就怀疑他有虱子了。"她显得很难受,说道,"天啊!我们家是多么干净啊!埃尔奈斯蒂娜,我的好女儿,你的活儿来了,赶紧去拿个盆子来。"

埃尔奈斯蒂娜拿了很多必要的工具来,一个盆子,一个篦子,一个盛着醋的小碟子。

捉虱子的工作就这样开始了。

"先从我开始!"菲利克斯对埃尔奈斯蒂娜大喊,"虱子肯定是从他的身上跳到我的身上来的。"

他拼命地挠着头发,这个时候如果有人提来一桶水,他会把头全部泡在里面。

"别慌了,菲利克斯。"埃尔奈斯蒂娜说,"我不会弄痛你的。"

她平时最喜欢给别人帮忙了。她很灵活地在菲利克斯的脖子上围上一块围巾，一只手拨开他的头发，一只手拿着篦子，耐心地寻找着虱子。她既不感到厌烦，也不怕虱子沾到自己身上，好像一位母亲一样，充满了耐心。

每当她捉到的时候便会喊："又是一个！"这时，菲利克斯便会狠狠地用脚揣着面盆，紧紧地攥着拳头，朝胡萝卜须示威。而胡萝卜须呢？他只是一声不响地坐在那里，等着姐姐为他捉虱子。

"好了，菲利克斯，你头上的捉完了。"埃尔奈斯蒂娜说，"数数看吧，只有七八只。等会儿看看胡萝卜须的头上会捉到多少。"

一篦子下去，胡萝卜须的就比菲利克斯的要多。埃尔奈斯蒂娜以为自己找到虱子的老巢了，其实那只不过是偶然发现的一小堆而已。

大家都围在胡萝卜须身边，埃尔奈斯蒂娜专心地为他抓虱子。勒皮克先生双手交叉放在背后，仿佛一个好奇的陌生人一样看着胡萝卜须。勒皮克太太在一旁直叹气。

"啊！啊！"她说，"看来必须用铲子和耙子才行了。"

菲利克斯蹲在那里端着面盆，不时地摇晃一下，接住篦出来的虱子。虱子和头屑一起掉在了盆子中。虱子的脚跟牛毛一样细，还动来动去的，但掉入面盆后，挣扎一会儿便被醋杀死了。

勒皮克太太："胡萝卜须，我真是不知道该怎么说你了。你看你也老大不小了，还这么没羞没臊。看看你的脚，脏的要死，大概只有回到家你才能看到自己的脚吧。虱子一直在咬你，你也不跟老师说，让他帮你弄干净，也不跟家里人说。我真希望你能告诉我们，你就这样一直让它们吸你的血，你能感受到怎样的快乐？

你的头发里全是血!"

胡萝卜须:"那是篦子刮出来的。"

勒皮克太太:"什么?篦子刮出来的,你就这样感谢你的姐姐?埃尔奈斯蒂娜,你都听见了吗?我们这位细皮嫩肉的少爷在责怪他的理发师呢。我的女儿啊,不要给他篦了,既然他喜欢被虱子咬,那么就随他去吧。"

埃尔奈斯蒂娜:"妈妈,今天就到此为止吧。只捉了些大的虱子,明天还要再捉一轮。我现在要在自己身上喷点科隆香水了。"

勒皮克太太:"胡萝卜须,把这个盆子端到花园的矮墙上去,应该让全村的人都来排队参观,让你丢尽脸面。"

胡萝卜须端起盆子出去了,把盆子放在阳光下。他则伫立在脸盆旁。

老玛丽·那奈特第一个走过来。每次遇到胡萝卜须,她都会停下来,眯着那双近视的小眼睛打量他,不时露出一丝狡诈的神情。她用手扶了扶头上的黑色软帽,仿佛已经猜到了一些事情。

"这是什么啊?"她问。

胡萝卜须不回答。她俯身看向水盆。

"这是一些小扁豆吧?哎,我的眼睛已经看不清了,我的儿子皮埃尔早就应该给我买副眼镜了。"

她用手指碰了碰这些虱子,好像要尝尝它们的味道似的。看她的样子,似乎真的不知道里面是什么。

"你呢,你在那儿做什么呢?一脸赌气的样子,我敢说,你肯定被人训了一顿,惩罚你站在这边。听着,我不是你的祖母,但是我可惦记你,我同情你,孩子,我猜他们一定给你气受了。"

胡萝卜须看了看周围，确定妈妈听不见后，对老玛丽·那奈特说："那又怎样？这和你有什么关系呢？忙你的事去吧，让我清静会儿。"

像布鲁图一样

勒皮克先生:“胡萝卜须,你去年可没有我想象中的那么用功啊。你的成绩单上写着你可以做得更好,但是你胡思乱想,还看禁书。你的记忆力很好,课程分数不错,但是做作业却不用心,胡萝卜须,你得认真学习啊。”

胡萝卜须:“放心吧,爸爸。我去年确实有些放松。这次,我觉得自己非常愿意刻苦用功。不过我可不能跟你保证我会得全年级第一。”

勒皮克先生:“还是要试试看啊。”

胡萝卜须:“不,爸爸,你不要要求太高哦。我的地理、德语、物理和化学的成绩是不可能拿到第一名的,班上有两三个家伙不学别的课程专门学这几门,他们太厉害了,我是不可能超过他们的。不过,我想——听着,爸爸,我想过不了多久,我的作文就会得奖,这个是别人无法抢走的。即便最后我竭尽全力也没能得奖,至少我问心无愧。我可以像布鲁图那样自豪地大声呼喊:‘啊,德行!你徒有虚名罢了!’”

勒皮克先生:“啊!我的孩子,我相信你可以的。”

菲利克斯:“他说什么,爸爸?”

埃尔奈斯蒂娜:“我没听到。”

勒皮克太太:“我也没听到。胡萝卜须,你再重复一遍刚才讲的话吧？”

胡萝卜须：“啊！妈妈，我刚才什么也没说。”

勒皮克太太：“什么？你什么也没说？刚刚你那么谈笑风生，脸都兴奋得涨红了，拳头挥舞着，声音大得全村人都听见了。重复下你讲的话，让大家都听听。”

胡萝卜须：“不用这般费事，就这样吧，妈妈。”

勒皮克太太：“说，你说，你刚才说到了谁，那个人是谁？”

胡萝卜须：“你不认识他，妈妈。”

勒皮克太太：“那就更该说了。首先请你掌握好分寸，然后讲出来。”

胡萝卜须：“好吧，妈妈。我和爸爸刚刚正在聊天，爸爸教给我一些道理。突然间，我想对爸爸许诺，以此表示感谢，就像那位叫布鲁图的罗马人一样，不知怎么地，我就引用了他的一句话，‘德行……’”

勒皮克太太：“德什么，你别胡说了。请你按照刚才的语气把刚刚说过的话一字不落地重复一遍。我觉得我不是在苛求你，你要为你的妈妈这么做。”

菲利克斯：“妈妈，我来说好吗？”

勒皮克太太：“不，他先说，然后你再说，可以做个比较。快点儿，胡萝卜须，快点儿说。”

胡萝卜须用带着哭腔的声音吞吞吐吐地说：“啊，德行！你徒有虚名罢了！”

勒皮克太太：“我真是失望，这孩子半天憋不出一句话。他宁愿被痛打一顿，也不愿取悦他母亲。”

“来吧，妈妈，我来告诉您他是怎么说的。”菲利克斯转了转眼珠子，开始模仿起胡萝卜须，“他说：如果我的作文得不到奖的话，我就像布鲁图那样喊，‘啊！德行！你徒有虚名罢了！’”最好笑的是菲利克斯说这些话时的表情。他每说一句话，都会做出一个动作。他先是鼓起腮帮子跺着脚，接着又张开双臂，伸向天花板。然后又将手放在大腿上。

“他就是这么说的，妈妈。”菲利克斯得意地笑着。

勒皮克太太：“很好，非常好！我恭喜你，胡萝卜须，因为模仿总比不上原作，我就更为你的固执而感到遗憾。”

菲利克斯：“可是，胡萝卜须，这句话是布鲁图说的吗？难道不是加图说的吗？”

埃尔奈斯蒂娜：“胡萝卜须说的是对的。我甚至还记得布鲁图拿着一根里面塞着黄金的手杖装疯卖傻。”

胡萝卜须：“对不起，姐姐，你搞错了。你把我的布鲁图和另一个人搞混了。”

埃尔奈斯蒂娜：“我之前一直以为是这样的。不过，在我看来，教我们历史的老师苏菲小姐比你们的中学老师要好。”

勒皮克太太：“没什么关系。你们别争了。主要的是我们家要出一个布鲁图，而且说不定已经出现了。多亏了胡萝卜须，人家可要羡慕我们了！我们对这个荣誉竟然一无所知。来欣赏下这位新布鲁图吧！他讲拉丁语时像一个主教一般，却两次拒绝为聋子做弥撒。转过来，从正面看，他的衣服是今天刚换上的，现在已经有污渍了，再看看他的裤子，已经撕裂了。天啊，他这是到哪里去了？不，看看这布鲁图模样的胡萝卜须吧！小畜生，滚吧！”

信件选辑

胡萝卜须给勒皮克先生的信和勒皮克先生给胡萝卜须的回信

胡萝卜须给勒皮克先生的信——寄自圣·马可学校

我亲爱的爸爸：

假期里的钓鱼活动让我体内的毒火发作了，两条腿上生了好多疮。现在，我正在床上躺着，护士在给我上药。疮还没有冒头的时候很痛，不过之后我就不觉得痛了。可是这些疮正像小鸡仔似的越来越多。一个才好了，两三个又冒了出来。但愿我在不久之后可以恢复健康。

你亲爱的儿子

勒皮克先生的回信

亲爱的胡萝卜须：

既然你现在去准备参加领圣体，去上教理课，你就应该知道人类遭受“钉子”[1]的痛苦并非从你开始才有的。耶酥基督的手脚都曾被钉上过钉子。他的那些钉子是真的钉子,他却一点儿也不抱怨。

鼓起勇气来吧!

爱你的父亲

胡萝卜须给勒皮克先生的信

我亲爱的爸爸:

我很高兴地告诉您,我新长出了一颗牙。虽然还没有到年龄,但是我觉得,这是一颗早生的智齿,我希望这不是唯一一颗智齿。我会努力学习,端正品行,让你对我感到满意的。

你亲爱的儿子

勒皮克先生的回信

亲爱的胡萝卜须:

正当你长新牙齿的时候,我却有颗牙齿活动了。昨天早上它终于掉了下来。因此你虽然多了一颗牙,你父亲却少了一颗。所以一切都没有变化,家里人的牙齿总数依然和以前一样。

爱你的父亲

---

① 法语里“钉子”和“疮”是一个词,这里勒皮克先生故意说成是钉子,和胡萝卜须玩文字游戏。

胡萝卜须给勒皮克先生的信

我亲爱的爸爸：

真想不到竟然发生了这样一件事情。昨天是我们拉丁文老师雅克先生的生日，班上全体同学一致推举我代表大家向他致贺词。我受宠若惊，花了好长时间准备了一篇讲话，其中还适当地加了几处拉丁文引文。毫不谦虚地说，我对此挺满意的。我把它抄在一张大页公务纸上。这一天到来了，同学们悄悄地鼓励我："上去，快上去！"我趁雅克先生目光不注意我们的时候，朝讲台走去。想不到我刚刚展开笺纸，音节铿锵地念道："尊敬的老师……"

雅克先生就一脸怒气地站起来，大声呵斥："快给我滚回到自己的座位上去！"

你可以想象我是怎样仓皇地逃回座位，同学们一个个都把头都埋在书后面。这时雅克先生气冲冲地命令我说："把这一段拉丁文翻译成法语。"

亲爱的爸爸，你对此有何看法？

你亲爱的儿子

勒皮克先生的回信

亲爱的胡萝卜须：

倘若将来有一天你当上了议员，你就会明白为什么会这样。每个人都有自己的职责。既然要老师站上讲台，显然就是要他讲话，而不是让他听你讲话。

爱你的父亲

胡萝卜须给勒皮克先生的信

我亲爱的爸爸：

我刚刚把你带来的野兔给我们历史和地理老师勒格里先生送去。很显然，他看起来非常高兴。他十分感谢你的好意。我走进他家的时候拿着一把湿漉漉的雨伞，他亲自从我手里接过去，放在门堂里。随后我们闲聊了几句。他说要是我再努力些，期末准能获得史地第一名。不过，你知道，在我们谈话的时候我一直站着，他就是不请我坐下。不过除了这个，勒格里先生对我非常客气。

究竟是他忘记请我坐下，还是真的没有礼貌？

我不明白，但我很想知道为什么，亲爱的爸爸，我想听听你的意见。

你亲爱的儿子

勒皮克先生的回信

亲爱的胡萝卜须：

你总是表示不满。雅克先生叫你坐下，你抗议；勒格里先生让你站着，你又抗议。你这么小，就处处要求别人对你尊重，或许是因为你还太年轻。要是勒格里先生没有请你坐下，你该原谅他才是：这大概是因为你个头小，他误以为你是坐着的吧。

爱你的父亲

胡萝卜须给勒皮克先生的信

我亲爱的爸爸：

听说你要去巴黎，我也和你一样高兴，我也想了解巴黎，想分享你的快乐。但是因为我还要上学，所以不能跟你一起去旅行，但是我很想趁这个机会请你帮我买一两本书。现有这些书我早已熟记在心了，请你随便挑几册吧。虽然实质上书的价值都是相等的，但是我特别喜欢弗朗索瓦·马利·阿鲁埃·德·伏尔泰的《昂里阿德》和让-雅克·卢梭的《新爱洛绮丝》。要是你把这些书带回来（听说巴黎的书非常便宜），我敢保证学监先生不会没收它们。

你亲爱的儿子

勒皮克先生的回信

亲爱的胡萝卜须：

你跟我讲的这些作家也是跟你我一样的普通人，他们能做到的，你也能做到。你可以自己写几本书，然后自己去读。

爱你的父亲

勒皮克先生给胡萝卜须的信

亲爱的胡萝卜须：

今天早上我收到你的信，可真叫我大吃一惊。我看了几遍，还是不明白你在写些什么。你平常的风格可不是这样的，而且这次信里你谈到一些奇怪的事物，我觉得你不懂，我也不懂。

平常你在来信中总是跟我们讲一些琐碎事情，告诉我你在学校里的名次，你在各个老师身上发现的优点和缺点，你的新同学的名字，你的穿戴，吃饭睡觉好不好等等。

上面这些才是我所关心的事情，可是今天这封信却搞得我莫名其妙。请问你，现在正是冬天，你怎么说起春游的事儿呢？你究竟是什么意思呢？你是需要一条羊毛长围巾吗？而且信上连个日期也不写，真不知道你这是写给我的呢，还是写给一条狗的。你的字体好像也变了，行距格式和大写字母的数量都让我感到有些莫名其妙。总之，你像在嘲笑什么人似的。我猜你是在嘲笑你自己吧。我现在并不是责备你犯了什么错，我不过是提醒你注意罢了。

爱你的父亲

胡萝卜须的回信

我亲爱的爸爸：

我只能匆忙写下一句话来解释我的上一封信：您难道没有看出我那封信是韵文格式吗？

你亲爱的儿子

小　屋

这是间小屋，里面曾经接二连三地居住过母鸡、兔子、猪等动物，如今却空空如也。一到假期，这间屋子就归胡萝卜须所有。他很轻松就能进入这间小屋，因为门早已不存在了。几株细长的荨麻挡在门槛前，每当胡萝卜须蹲在地上，从这个角度朝它们望去时，那里就仿佛是森林一般。地面上覆盖着一层薄薄的尘土，墙壁上的石头有些潮湿，闪闪发光。他在这里自由自在，尽情地幻想着，并从中得到些许愉悦。

他最大的娱乐便是用屁股在小屋里到处乱拱，拱出一个圈，并且用手把土堆成圆椅垫的模样，然后一动不动地坐在上面。

他背靠着光滑的墙壁，腿脚叠放在一起，两手交叉放在腿上，这样子蜷缩着，舒服极了。他真是不能把自己缩得再小了。他忘记了世界，一点儿也不害怕。只有突然而至的雷声才能让他分神。

洗碗水从不远处的水槽孔里流出来，有时滔滔不绝，有时点点滴滴，给他送来一阵清新的味道。

突然，传来一阵令人惊慌的声音。

叫喊声、脚步声越来越近。

"胡萝卜须？胡萝卜须？"

有个脑袋突然低了下来，胡萝卜须缩成一团，紧贴着地面和墙壁，气息似乎停止了，嘴巴也张得大大的，目光直直地盯着一处一动不动，他感到两只眼睛在黑暗中摸索着。

“胡萝卜须，你在那儿吗？”

两边的太阳穴胀了起来，他难受得要命，简直要痛呼出声。

“他不在这儿啊。那个小畜生，他到底在什么鬼地方呢？”

那个人走远了，胡萝卜须的身体渐渐放松，重新恢复了自在的状态。

他仍神游在漫长的寂静之中。

可是又有一阵喧闹声闯入了他的耳膜。天花板上，一只小飞虫被一张蛛网困住，它拼命扭动着想要挣脱开。蜘蛛顺着一根丝爬了下来。它的肚皮很白，好像面包屑一般。它停在半空中，不安地绕着自己的蛛线。

胡萝卜须探身过去，观察着它，很想看看结局如何。悲惨的一幕正在上演，蜘蛛爬过去，把网封住，抓住猎物，一口吞掉。胡萝卜须站直了身体，心情振奋，好像自己也参与了这场捕猎一般。

网上空空的，什么也没有了。

蜘蛛爬了回去。胡萝卜须又坐了下来，思绪开始回到自己身上，回到他那漆黑一片，如野兔一般胆小孤独的内心世界中。

很快，他的幻想停止了，如同一注细流受阻于沙土，没有斜坡可顺流，因而变成了一滩死水。

猫

胡萝卜须曾经听别人说过，钓鳌虾，最好的诱饵是猫肉。无论是鸡杂还是猪牛的下水，都比不上猫肉。

他知道附近有一只猫，一只衰老的病猫。那只猫身上的毛掉得一块一块的，让人看了心生不屑。胡萝卜须邀请它来到小屋中喝一杯牛奶。小屋里就他们两个。也许一只老鼠会从墙里钻出来，但是胡萝卜须只准备了一杯牛奶。他把这杯牛奶放到角落里，然后把那只猫拉出来，对它说："来享受美味吧！"

他抚摸着猫的脊梁，口中念叨着一些温柔的名字，看着它那敏捷的舌头舔着牛奶，不禁心生同情。

"可怜的老猫，享受你最后的时光吧。"

猫喝光了牛奶，又把杯底、杯沿舔得干干净净，最后舔着自己残存甜味的嘴唇。

"你吃光了吗？好吃是吗？"胡萝卜须轻声问它，同时双手不住地抚摸着老猫软软的身体，"你肯定还想再要一杯是吧，可是我只弄来了这一杯。反正，你迟早都是一死……"

话音未落，他把猎枪对准猫的额头，开了一枪。

爆炸声震耳欲聋，胡萝卜须甚至以为小屋也被炸了。当烟雾渐渐散开后，他看到了脚下那只猫，它躺在那里，眼睛还看着胡萝卜须。

脑袋被崩掉一半，血流进了那只盛牛奶的杯子。

“它好像还没死，”胡萝卜须说，“好家伙！我可是瞄准了的。”

猫剩下的那只眼睛还在闪烁着黄色的光芒，这让胡萝卜须感到不安，一动也不敢动。

猫的身子轻轻地颤动着，似乎证明它还活着，但是它一点儿也没有挪动。猫血全部流进了杯子里，仿佛是老猫小心翼翼地使每一滴血都掉进杯子。

胡萝卜须可不是个生手，他杀过野鸟、家畜和狗等等，有时是为了自己找乐子，有时是帮别人做事。要是这畜牲命硬，他可知道该怎么做，得麻利些、兴奋些、愤怒些，冒些风险，必要时可以进行一场肉搏。不然的话，不恰当的怜悯之心就会发作，汹涌地侵袭而来。我们将因此变得懦弱，耽误时机，从而拖拖拉拉没完没了。

开始的时候，胡萝卜须只是小心谨慎地逗弄着猫。然后，他抓住猫的尾巴，用枪托猛击它的颈背，每一次击打都像是最后一次的致命一击。

这只猫已然濒临死亡，四只脚却仍然在空中乱抓，或蜷缩成一团，或完全摊开，就是发不出一声喊叫。

“好像有人告诉过我说，猫死的时候会哭。”胡萝卜须说。

他不耐烦了，这太费工夫了。后来，他扔掉了猎枪，紧紧抓住猫，手指掐进猫的肉里去。他要掐死这只猫。

但是经过这一阵折腾，他自己也累得够呛，筋疲力尽，跌坐在地上，他的脸对着猫的脸，他的两只眼睛也盯着猫的一只眼睛。

二

胡萝卜须现在躺在他自己的铁床上睡着了。

他的父母和亲友得到消息后匆忙赶来,他们弯腰走进低矮的小屋中,来到这个发生了惨剧的地方。

“啊!”他母亲说,“我费了九牛二虎之力才从他胸口上夺下那只惨死的猫,我跟你们说,他可从来没有那么紧地抱过我。”

她向大家叙说着她亲眼看到的残酷场景。晚上大家闲聊的时候,这个故事已经变得具有传奇色彩了。而胡萝卜须却已经进入了梦乡。

他梦到自己正沿着小溪散步。月光浮动,水月交融,波光粼粼,仿佛绣娘手中纷飞的银针。

一块块猫肉在透明的水中闪闪发光。

贴近草地的表面,一团团白雾飘过,里面仿佛藏着轻盈的精灵。

胡萝卜须双手背在身后,以此证明他并不感到害怕。

一头牛走了过来,停下来喘气,然后又跑掉了,蹄声渐行渐远,消失在天际。

如果饶舌的小溪不再喧嚣,不再絮语,不再逗闹,只有他独自一人,那该多么清静!

胡萝卜须作势要打它,这使它安静下来。他轻轻地提起虾网,许多大虾在芦苇上蹦来跳去。

螯虾越来越多,蹦蹦跳跳不亦乐乎。它们跳出水面,身上散发出光彩。

胡萝卜须内心感到一阵沉痛，痛苦萦绕着他，使他无法从中挣脱出来。

鳌虾们围了过来。

它们朝着他的脖子跳过来。

它们不断发出噼噼啪啪的声音。

它们早早便张开了自己的大钳子。

羊

一开始,胡萝卜须只看到一些模模糊糊的圆球在跳动。它们就像在学校操场上玩耍的孩子,发出一些吵吵闹闹的嘈杂声。其中一个圆球跳到了他的两腿之间,这让他有些不高兴。另一个猛跳过来,从天窗透进来的光线正好照在它身上:原来是只小羊羔。胡萝卜须想到刚才被它吓了一跳,不禁微微一笑。他的眼睛渐渐适应了黑暗,周围的东西也逐渐显现出来。

如今正是母羊生育的季节。每天上午,牧民帕诺儿总会发现牧场里多了两只或三只小羊羔。那些小家伙围在母羊的身边,僵直的四条腿哆哆嗦嗦,像四根雕刻得十分粗陋的木棍。

胡萝卜须不敢去抚摸它们。但是小羊羔们的胆子却很大,它们一会儿舔舔他的鞋子,一会儿又把前蹄搭在他的腿上,同时嘴里还衔着几根甘草。

有些小羊羔已经有一个星期大了,它们用力地蹬直后腿,屁股扭来扭去。有的生下来只有一两天,还很瘦弱,跪在地上,但是精神气儿十足。一只刚生下来的小羊,步履艰难,身上黏黏糊糊的,看来母羊还没有舔过它。母羊因为充满乳汁的乳房来回晃动而行动不便,一头将它抵开。

“真是个坏妈妈!”胡萝卜须说。

"动物的世界和人类的世界一样。"帕诺儿说。

"她可能是想让别的母羊照顾它吧。"

"或许是这样,"帕诺儿说,"有一些初生羊羔得用奶瓶喂,就是我们在药房里买到的那种奶瓶。这种情况持续不了多长时间,母羊会心软的。何况,我们管得住她们。"

他抓起这只母羊,然后把她单独关在一个笼子里。他给母羊戴上一个草圈,这样子,如果她逃掉了,我们可以根据这个草圈找到她。小羊羔紧跟在母亲的身后。母羊大口大口地嚼着草料,小羊羔则颤抖着站在旁边,自己找奶吃。它的样子很可怜,脸上沾满了奶汁。

"你觉得它以后会对小羊羔好吗?"胡萝卜须问。

"会的,它恢复体力之后就会的。"帕诺儿说,"它生小羊时忍受了不少痛苦。"

"我还是坚持自己的想法。"胡萝卜须说,"为什么不暂时把小羊羔交给别的母羊照顾呢?"

"别的母羊不会这么做的。"帕诺儿说。

这时,羊舍里到处响起母羊的叫声,那叫声交杂在一起,似乎在告诉羊羔们该吃奶了。这样的叫声在胡萝卜须听来是单调的,没有什么不同,但是对于羊羔们来说,每只母羊的叫声都有着微妙的差别,因为每只羊羔都能准确无误地径直奔向自己的母亲。

"在这里,"帕诺儿说,"没有谁会偷别人的孩子。"

"太奇怪了。"胡萝卜须说,"羊的这种本能太奇怪了。怎么解释呢?大概是因为它们的嗅觉非常灵敏吧。"

他几乎想塞住它们的鼻子,想悄无声息地潜进去,看看会发生什么。

他拿羊和人做了一番比较，想要知道小羊羔们是不是也有名字。

小羊羔们贪婪地吮吸着奶头，不时用鼻头撞击着母羊的乳房，但是母羊们却毫不在意，继续平静地吃着草料。胡萝卜须注意到水槽里有些烂铁链子和破车轱辘，还有一把用坏了的铁铲。

“您的水槽可真够干净的！”胡萝卜须诙谐地说道，“那些废铁一定是用来给牲畜们补血的吧？”

“当然啦！”帕诺儿说，“你可真会说话！”

他请胡萝卜须尝了一口水。为了给水增加养料，他扔了不少东西在里面。

“你想不想要一个小玩意儿？”他说。

“非常愿意。”胡萝卜须还不知道是什么东西就已经这么说了，而且提前道了谢。

帕诺儿把手放在一只母羊身上，在厚厚的绒毛里摸索一番后，用手指捏出一只又黄又圆的玩意儿，这小东西似乎是吃饱了，胖胖的，大大的。按帕诺儿的说法，两只这么大的玩意儿可以像吃李子一样把一个小孩的脑袋吃掉。他把它放在胡萝卜须的手心里，并且鼓励他说，如果他想拿这逗乐的话，可以把它放进哥哥姐姐的头发或者脖颈里。

那只虫子已经开始工作了，它攻击着胡萝卜须的皮肤。胡萝卜须的手指感到一阵针扎似的感觉，好像下雪子一般。很快这样的感觉蔓延到了手腕处，手肘处。小虫子好像越来越多，好像要啮噬掉整个手臂一般。

可惜,胡萝卜须抓住了它。趁帕诺儿不注意,胡萝卜须把这个虫子一把捏死,然后在母羊的身上擦了擦手。

若帕诺儿问起来,他就说把它弄丢了。

又过了一会儿,胡萝卜须侧耳聆听,发现咩咩的羊叫声渐渐平息下来,只听到母羊缓缓咀嚼着干草发出的低沉的簌簌声。

一件带条纹的褪色粗羊毛披风挂在喂草架的一条木杆上,仿佛是一个孤独的牧羊人。

教 父

有时勒皮克太太会允许胡萝卜须去看他的教父，甚至可以和他一起过夜。那是个性情粗暴的老人，独自一人生活，整日不是钓鱼，便是在葡萄园里劳作。他不喜欢任何人，却单单对胡萝卜须很好。

“你来啦，小家伙。”他说。

“嗯，教父。”胡萝卜须连拥抱都没有就说道，“我的钓竿你准备好了没有？”

“一个钓竿就够我们俩用了。”教父说。

胡萝卜须打开谷仓门，看到了那已经准备好的钓竿。老头儿总是和他开这样的玩笑，但是胡萝卜须从来也不生气。老头儿的这种怪脾气反而促进了他们之间的关系。当他说“是”的时候，他其实是说“不”，反之亦然。问题是只要不在这件事上误解就行。

“如果你这样做感觉不错，我丝毫不介意。”胡萝卜须心想。

所以，他们的关系总是很融洽。

通常，教父一个星期只做一次菜，这次为了胡萝卜须特地开火煮了一大锅青豆烧肉。在出发之前，他硬是要胡萝卜须喝了一杯纯葡萄酒。

然后他们去钓鱼。

教父坐在岸边,不慌不忙地展开自己的佛罗伦萨钓鱼线,然后把几块大石头压在钓鱼线上。他只钓大鱼,钓上后在阴凉处把鱼卷在一条毛巾里,就像裹婴儿一样裹起来。

"要特别注意。"他对胡萝卜须说,"浮子落下去三次后才能拉起钓竿。"

胡萝卜须:"为什么是三次?"

教父:"第一次无足轻重,那是鱼在试探;第二次,这可认真了,它吞下了鱼饵;第三次,这就确定无疑了,它不会逃开了,当然拉起钓竿的时间也不能太晚。"

胡萝卜须更喜欢钓鮈鱼。他脱掉鞋子,跳进河里,用脚搅动着河里的泥沙,把水搅浑。鮈鱼惊慌失措地跑过来,胡萝卜须每提一次钓竿都能拉出一条。他连忙喊教父:"十六、十七、十八……"

教父看到太阳已升至头顶,便喊上胡萝卜须回家吃午饭。吃饭的时候,他不住地往胡萝卜须嘴里塞白色的菜豆。

"我觉得没有比这更好的了。"他对胡萝卜须说,"我要把它们煮成烂糊。吃那些咬起来嘎嘣作响的菜豆,就像吃山鹑时吃到铁弹子一样,比咬十字镐上的铁块还难受。"

胡萝卜须:"这菜豆煮得入口即化,很好吃。妈妈通常做的也不错,不过不是这么吃,还要放点酱。"

教父:"小家伙,看你狼吞虎咽的吃饭,我真的很高兴。我敢说,在你妈那儿,你肯定不能这么敞开吃。"

胡萝卜须:"全看她的胃口怎么样。要是她很饿的话,我随着她吃饱。她给自己添菜的时候,也额外地给我加一点。要是她停下来不吃,那我也不吃了。”

教父:“傻瓜,你问她要啊。”

胡萝卜须:“说得容易,我的教父。我还是宁愿挨饿。”

教父:“我是没有孩子,若有个猴子做我的孩子,要我舔它的屁股我都愿意!我们去活动一下吧。”

他们在葡萄园里度过了这天最后的光阴,胡萝卜须一会儿跟在教父后面看他刨地,一会儿躺在葡萄藤堆上看天,嘴里吮吸着几只细嫩的柳条。

泉　水

和教父一起睡觉并不是件舒服的事情。房间里太冷，鸭绒被里又太热，躺在教父那衰老而温热的身子旁边，胡萝卜须很快便感到汗流浃背。但是能够睡在妈妈看不到的地方，他还是很自在的。

“她让你感到害怕是不是？”教父说。

胡萝卜须：“不如说是我没能让她感到害怕。当她想教训我哥哥时，我哥哥会跳起来抓住一把笤帚，以傲慢的姿态站在她面前，这时她便会停下来。所以她更愿意对他进行情感教育。她说菲利克斯的本性是敏感易怒的，打对他起不了什么作用，倒是对我比较有效。”

教父：“你也该试试拿把笤帚。”

胡萝卜须：“我要是敢就好了！菲利克斯和我两个人经常打架，有时是真打，有时是玩闹的。我和他一样强壮，一点儿也不逊于他。但是如果我拿着一把笤帚作为武装来对抗妈妈，她一定以为我是拿笤帚给她的。笤帚会从我的手里转移到她的手里，或许她在打我之前还会跟我道谢。”

教父：“睡觉吧，小家伙，睡吧。”

然而两个人都睡不着。胡萝卜须辗转反侧，感到有点窒息。

教父在一旁怜悯地看着他。

当胡萝卜须要入睡时,教父忽然抓住了他的手臂。

“你在这儿吗,小家伙?”他说,“我做梦了,以为你又掉进了泉水里。你还记得那口泉水吗?”

胡萝卜须:“我记得很清楚,就像刚刚发生过一样,教父,这件事儿不怪你,但是你常常跟我提起。”

教父:“我可怜的小家伙,只要一想起这件事,我就浑身颤抖。我在草地上睡着了。你在泉水边玩耍,不小心滑倒了,掉进了水里,你喊叫着,挣扎着,而我居然什么也没听见。那泉水并不深,刚刚能淹死一只猫。但是你却无法站起来。那可真是一场灾难,难道你没有想过站起来吗?”

胡萝卜须:“你觉得我现在还记得当时在泉水里的想法吗?”

教父:“最后水中扑腾的声音吵醒了我,这才及时救起了你。可怜的小家伙,可怜的小家伙啊!你吐了那么多水,像一台水泵一样。我给你换了衣服,给你穿了小贝尔纳的节日盛装。”

胡萝卜须:“是啊,那件衣服很扎人,我挠啊挠,真是太痒了。那是件鬃毛做的衣服吗?”

教父:“不是,但是贝尔纳没有其他干净的衬衣借给你。现在我可以笑着跟你讲话了,但是若我晚到一分钟,甚至一秒钟,你就淹死了。”

胡萝卜须:“那样的话我就见不到你了。”

教父:“别说了,我真是说了些傻话。从那以后,我再也没有睡过一次好觉。我常常失眠,这是上帝给我的惩罚,我应得的惩罚。”

胡萝卜须:"教父,我可不想受这样的惩罚,我想睡觉。"

教父:"睡觉吧,小家伙,睡吧。"

胡萝卜须:"如果你想让我睡觉,教父,那就放开我的手吧。等我睡熟了之后你再抓住我。还有把你的腿也放回去吧,你腿上的那些毛弄得我痒痒的。别人碰我的时候,我是睡不着的。"

李　子

难以入眠的夜晚，他们在鸭绒被里辗转反侧，最后教父说：“小家伙，你睡着了吗？”

胡萝卜须：“没有，教父。”

教父：“我也没有，我想起床走走。如果你愿意的话，我们一起去捉蚯蚓吧。”

“这倒是个好主意。”胡萝卜须说。

他们从床上跳起来，穿上衣服，点起灯笼，向花园走去。

胡萝卜须手里拿着灯笼，教父则拿着一个白色的铁盒，里面装着半盒湿润的泥土。他总是在里面装很多虫子用来钓鱼，然后用湿润的青苔盖上，这样它们就不会跑掉。每当一整天都下雨的时候，他就会收获颇丰。

“小心点儿，不要踩到虫子。”他对胡萝卜须说，“走路的声音要轻，要不是害怕感冒，我只会穿着袜子走路。只要听到一丁点声响，虫子们就钻到洞里去了。当它们远离自己的洞的时候我们再抓住它们。要眼疾手快，捏紧一点，不要让它们滑掉。如果虫子的一半身体已经钻进洞里，就放掉它，继续抓它会把它弄断的。而断掉的虫子就没什么用了，它会让其他的虫子也烂掉，挑剔的鱼儿是不屑于吃烂虫子的。有一些钓鱼的人在虫子上非常节省，这可是大错特错。只有整个儿的、活生生的虫子才能钓到好鱼，虫子们在水底缩成一团，鱼以为它们要逃走，便跟在它们后面，毫无疑虑地把整条虫子吞下去。”

“我总是抓着它们不放。”胡萝卜须嘟嘟囔囔，“我的手指上都沾满了它们的粘液。”

教父：“虫子一点儿都不脏。虫子是世界上最干净的东西。它只吃泥土，要是人们不把它踩死，它最后也会回归泥土。而我，则把它们吃掉。”

胡萝卜须：“我这份也让给你吃。你吃给我看看吧。”

教父：“这些虫子有些大，应该先烤一烤，然后涂到面包上。但是我生吃小虫子，比如李子里的虫子。”

胡萝卜须：“嗯，我知道。所以我的家人才不喜欢你，尤其是妈妈，她只要一想起你，就想呕吐。我很喜欢你，但是我不会模仿你吃虫子。你并不难相处，我们在一起很融洽。”

胡萝卜须举起灯笼，伸手把李树的枝条拉弯，摘下了几颗李子。他留下好的，把虫蛀的李子给了教父。教父突然一口把它们吞掉，一整个儿圆圆的李子，连核一起吞了下去，然后赞叹道：“真是人间美味啊！”

胡萝卜须：“噢！现在我都想尝一尝了。我想像你一样把虫子吃掉，只是担心嘴巴里留下味道被妈妈发现，如果她来抱我的话。”

“什么味道也没有。”教父说，然后朝胡萝卜须的脸上哈了一口气。

胡萝卜须：“确实如此。只闻到烟草的味道。你嘴巴里有冲鼻子的烟味儿啊！我很爱你,我的教父,但是如果你不抽烟的话,我会更喜欢你的。”

教父:“小家伙！小家伙！抽烟很提神啊!”

马蒂尔德

“你知道吗，妈妈，”埃尔奈斯蒂娜跑过来气喘吁吁地对勒皮克太太说，“胡萝卜须又在草场上和马蒂尔德玩新郎新娘的游戏了。菲利克斯在给他们穿礼服。假如我没弄错的话，这个游戏可是个禁忌啊。”

事实上，在操场上，小马蒂尔德一动不动站在那里，身上装饰着开满白色花朵的野生铁线莲。她打扮得漂漂亮亮的，好像真的是一个漂亮的新娘子。她还真的拥有几分可以平息人生一切烦恼的美貌呢！

铁线莲是戴在头上做花冠的，如水一般垂下来，垂到下巴上，垂到背后，垂到手臂上，甚至垂到地上来，仿佛一条长长的裙摆，而菲利克斯还在不停地给它加长。

他后退了几步，然后说：“别动！该你了，胡萝卜须。”

轮到胡萝卜须来打扮成新郎的样子，同样也是全身装饰着铁线莲，还缀有一些罂粟花、山楂果和一枝黄蒲公英，这样可以和马蒂尔德的装束有所区别。他不想笑，三个人都保持着庄重严肃的样子。他们知道在不同的场合说话要用不同的语气。在葬礼上就要从头至尾保持悲哀的状态，而婚礼上则要保持庄严，做完了弥撒才能放轻松。要是不这么做的话，游戏就不好玩了。

“你们两个手挽手，”菲利克斯说，“向前走，慢一点！”

他们按平常走路的步伐向前走。马蒂尔德被枝蔓绊住了脚，于是便撩起裙子，用手提着裙摆。胡萝卜须优雅地等着她，同时一只脚抬起来，准备往前走。

在菲利克斯的指挥下，他们走过了草场。他倒退着走，双臂摆动，向他们指示步伐的节奏。他先是扮作市长向他们表示祝贺，然后又扮作教堂的神甫，向他们表示祝福，接下来又扮作朋友为他们庆祝，最后又扮作乐师，拿着根棍子摇来晃去，好像在指挥乐队演奏。

他让他们来来回回走了好几遍。

“停！”他说，“你们的衣服乱了。”

马蒂尔德头上的花冠有些歪，他来把它抚平，然后队列重新行进。

“哎呦！”马蒂尔德叫道，脸上的表情有点奇怪。

原来是铁线莲的卷须钩住了她的头发。菲利克斯帮她弄掉那些铁线莲，然后结婚仪式继续进行。

“好了，”他说，“现在你们已经结为夫妻，请接吻吧。”

见到他们犹豫不决，他又说：“啊！怎么啦！互相亲一下啊！既然结为夫妇就要接吻啊。你们互相求爱，互相表白吧。咦，你们怎么脸色铁青呢？”

他嘲笑着他们的无能，一副高高在上的样子。也许他早就谈过恋爱了吧。他先亲了马蒂尔德一下作为示范，也作为酬劳。

胡萝卜须终于鼓起勇气，拨开垂到马蒂尔德脸上的铁线莲，在她的脸颊上亲了一下。

“这不是开玩笑的。”他说，“我会和你结婚的。”

马蒂尔德也回吻了他一下，好像表示接受。很快，他们两个人都脸红了，显得非常害羞。

菲利克斯用食指和中指在头上做出兽角的形状，嘲笑他们：“脸红了！脸红了！”

他搓了搓手，顿了顿脚，笑得很轻蔑。

“你们可真是两个傻瓜啊，居然当真了！”

“首先，”胡萝卜须说，“我没有脸红。其次，嘲笑吧，你尽管嘲笑吧，你是拦不住我娶马蒂尔德的，只要妈妈同意。”

但是就在这时，妈妈居然亲自过来说她不同意。她推开草场的栅栏走进来，身后跟着打小报告的埃尔奈斯蒂娜。勒皮克太太经过篱笆时，折了一根荆条。她把上面的叶子摘掉，只剩下一些刺在上面。

她径直走过来，好像一场无法避免的暴风雨袭来。

“当心挨巴掌。”菲利克斯说。

他一溜烟儿跑到草场边上躲藏起来，悄悄露出眼睛偷偷观看着。

胡萝卜须从来都不会逃跑。通常情况下，他很懦弱，希望早点结束。但是今天不同往日，他很勇敢。

浑身颤抖的马蒂尔德哭得上气不接下气，好像是死了丈夫的寡妇一样。

胡萝卜须：“别害怕，我了解妈妈，她只对我一个人发脾气。我可以承受一切惩罚。”

马蒂尔德：“嗯，但是你妈妈会告诉我妈妈，然后我妈妈会打我的。”

胡萝卜须:“这是在帮我们改正,就像改正假期作业一样。你妈妈也会帮你修改假期作业吗?”

马蒂尔德:“有时会,看情况。”

胡萝卜须:“对于我来说,这是确定无疑的事。”

马蒂尔德:“但是我并没有做错什么啊。”

胡萝卜须:“没什么大不了的。放心。”

勒皮克太太朝他们走过来。现在她把他们掌控在手中,完全无法跑掉,她有的是时间收拾他们。她放缓了脚步。埃尔奈斯蒂娜担心荆条不小心打到自己,便停在了战火圈外。胡萝卜须站在他的“妻子”面前,她哭得更厉害了。野生的铁线莲乱成一团,白色的花朵揉在一起,凌乱不堪。勒皮克太太手中的细枝条已经举在了空中,随时准备抽打胡萝卜须。胡萝卜须面色苍白,双臂放在胸前,缩着脖子,腰部已经开始发热,腿肚也提前产生一阵灼痛的感觉,他骄傲地喊道:“这有什么关系啊,我们不过是闹着玩的。”

银　箱

第二天，胡萝卜须遇到了马蒂尔德，她说："你妈妈来告诉了我妈妈昨天发生的一切，结果我被痛打了一顿屁股。"

胡萝卜须："我，我什么都不记得了。但是你实在不应该挨打，我们又没做什么坏事。"

马蒂尔德："当然没有。"

胡萝卜须："我向你保证当我说要和你结婚时，我是认真的。"

马蒂尔德："我也是，我也会和你结婚的。"

胡萝卜须："我可以轻视你，因为你是贫穷的，而我是富有的。但是别害怕，我尊重你。"

马蒂尔德："你有多少钱啊，胡萝卜须？"

胡萝卜须："我父母至少有一百万法郎。"

马蒂尔德："一百万是多少呢？"

胡萝卜须："一百万就是很多很多，百万富翁的钱是永远花不完的。"

马蒂尔德："我父母常常抱怨没有钱。"

胡萝卜须："哦！我父母也是。每个人都抱怨，为了得到别人的同情，或者为了欺骗嫉妒他的人。但是我知道我们很富裕。每个月的一号，爸爸都会独自一人在房间里待一会儿。我能听见银箱的锁嘎吱作响，锁子咯吱咯吱地就像晚上雨蛙的叫声。爸爸随后会说出一个奇怪的词，那个词除了他和我谁也不知道，妈妈不知道，哥哥不知道，姐姐也不知道，然后银箱的门就打开了。爸爸从里面取出钱来，把它们放到厨房的餐桌上。他一句话不说，只是把钱弄得叮当作响。这样便使得正在做饭的妈妈可以听到。然后爸爸出去了，妈妈则转身进去把钱收起来。每个月都是如此，而且这样的情况持续很长时间了，足以证明银箱里有一百多万法郎。”

马蒂尔德：“为了打开银箱，他说了一个词？什么词？”

胡萝卜须：“别问了，问了也是白问。等我们结婚后，我会告诉你的，只要你不说出去。”

马蒂尔德：“现在就告诉我吧。我现在就可以跟你保证永远不说出去。”

胡萝卜须：“不，这是爸爸和我之间的秘密。”

马蒂尔德：“你根本就不知道。如果你知道的话，你就会说出来的。”

胡萝卜须：“不好意思，我知道。”

马蒂尔德：“你不知道，你肯定不知道。活该，活该。”

“我敢打赌我知道。”胡萝卜须严肃地说。

“赌什么？”马蒂尔德犹豫地说。

“如果你让我在你身上随便摸一下，”胡萝卜须说，“我就告诉你这个词。”

马蒂尔德看着胡萝卜须。她感到很迷惑。她那灰色的眼睛几乎要闭上了。她原本有一个疑惑，如今变成两个了。

“你先说出那个词,胡萝卜须。”

胡萝卜须:“你发誓,之后你可以让我摸你身上随便一个地方。”

马蒂尔德:“妈妈不让我发誓。”

胡萝卜须:“那你就别想知道这个词。”

马蒂尔德:“我根本不在乎是什么词。我猜到了,对,我已经猜到了。”

胡萝卜须感到不耐烦了,想要速战速决。

“听着,马蒂尔德,你根本就没猜到。但是我相信你是个说话算数的人。爸爸在开银箱之前说的那个词是‘鲁斯杜克鲁’。现在,我可以摸你身上任何地方了。”

“鲁斯杜克鲁!鲁斯杜克鲁!”马蒂尔德念了好几遍。她往后退了几步,既高兴知晓了一个秘密,又害怕这个秘密一文不值。“说真的,你没有骗我吧?”

胡萝卜须没有回答,他直接走上前去,下了决心一般,手向前伸去。她跑掉了。胡萝卜须只听到一声干笑。

她消失得无影无踪了,这时胡萝卜须听到他身后传来一声嘲笑。

他把身子转过来。从马厩的天窗里,伸出一个脑袋,他朝着胡萝卜须龇牙咧嘴。

“我看到你了,胡萝卜须。”他喊道,“我会把这一切告诉你妈妈的。”

胡萝卜须:“皮埃尔老爹,我们刚才在闹着玩呢。我想追到那个女孩。鲁斯杜克鲁只是我瞎编的一个词罢了。我根本就不知道真正的词是什么。”

皮埃尔:“你放心吧,胡萝卜须。我才不管什么鲁斯杜克鲁,也不会对你妈妈说的。但是我会告诉她接下来发生了什么事儿。”

胡萝卜须:“接下来发生的事儿?”

皮埃尔:“对,接下来发生的事儿。我看到了,全看到了。胡萝卜须,别以为刚才的事我没有看到。唉!小小年纪不学好。今晚你的耳朵可要被拉长喽!”

胡萝卜须不知该怎么反驳。他的脸涨得红红的,头发那火红的颜色好像都暗淡了。他把双手插在裤兜里,悻悻地吸着鼻子走开了。

蝌 蚪

胡萝卜须一个人在院子中央玩,这样勒皮克太太可以透过窗户看着他。正当他在院子里中规中矩地玩耍时,他的同学莱米出现了。这个男孩和他同龄,是个跛子,但是非常喜欢跑步,因此他那残疾的左腿就跟在另一条腿后面,永远也追不上这条腿。他拿着一个篮子,对胡萝卜须说:"胡萝卜须,我爸爸在河里泡着一些麻,我们一起去吧,可以帮他干活,还可以用篮子抓些蝌蚪玩。"

"你问问我妈妈吧。"胡萝卜须说。

莱米:"为什么要我去问?"

胡萝卜须:"因为我问的话,她肯定不会同意的。"

就在这时,勒皮克太太出现在了窗边。

"太太,"莱米说,"请问,您同意我带胡萝卜须一起去抓蝌蚪吗?"

勒皮克太太把耳朵贴在窗户上,好像是没有听见。莱米又喊了一遍。这次勒皮克太太明白了。然后两个人看到她的嘴巴在那边动,但是都没听见声音,他们面面相觑,不知她说了些什么。但是,勒皮克太太摇了摇头,很明显是不同意。

"她不同意。"胡萝卜须说,"大概她一会儿会需要我做事。"

莱米:"真可惜,不然咱们可以痛痛快快地玩一场了。她却不同意，真的不同意啊。”

胡萝卜须：“那么，我们在这里玩吧。”

莱米：“啊，不！那可不行！我更愿意去钓蝌蚪。这么好的天气，我肯定能捞到几篮子。”

胡萝卜须：“等一下！一开始妈妈总是拒绝，不过，等一会儿吧，有时她会改变主意。”

莱米：“那我等上一刻钟，不能再久了。”

两个人站在那边，双手插在口袋里。他们暗暗地观察着楼梯，不一会儿，胡萝卜须推了莱米的手肘一下，说：“你看，我说什么来着？”

果然，门开了，勒皮克太太走了出来，手里拿着为胡萝卜须准备的篮子，走下一个台阶。但是她停住了，一脸狐疑。

她说：“哦，莱米你还在这里啊！我以为你已经走了。我会告诉你爸爸你在外头游荡，他准会训斥你。”

莱米：“太太，是胡萝卜须告诉我在这里等他的。”

勒皮克太太：“啊！胡萝卜须，这是真的吗？”

胡萝卜须既不承认也不否认。他不知道该怎么回答，他对勒皮克太太早就了如指掌，又一次猜中了她的心思。但是愚蠢的莱米把事情搅乱了，把一切都弄糟了。最终结果会怎样，胡萝卜须已经不在意。他的眼睛看着别处，用脚使劲碾着地上的草。

勒皮克太太说：“但是我好像没有改口的习惯。”

她不再说话。

她又上了楼梯。她带着那只篮子回去了。她已经把里面盛着的新鲜的胡桃倒出来，准备给胡萝卜须抓蝌蚪用。

莱米已经跑远了。

勒皮克太太从来不开玩笑，别人的孩子接近她时，都是小心翼翼的，害怕她几乎跟害怕学校的老师一样。

莱米向河边跑去。他拖着一只残疾的腿，却跑得非常快。公路上扬起了很多尘土。他蹦蹦跳跳的，声音像一只平底锅碰撞着地面。

这一天算是白白浪费了，胡萝卜须一点儿也不想玩了。

多好的玩乐机会就这样没有了。

懊恼之情从心底涌来。

他只能等待下一次机会的到来。

他一个人孤独地站在那里，呈现出一种毫无防御的状态。他任凭烦恼袭来，任凭惩罚自动实施在自己身上。

戏剧性的变化

第一场

勒皮克太太："你要去哪儿？"

胡萝卜须："我要和爸爸一起去散步。"（他系上一条新领带，又朝鞋子上吐了几口唾沫，擦拭着皮鞋。）

勒皮克太太："我不准你去，听到了没？要不然……"（她把巴掌举起来，好像要打过来似的。）

胡萝卜须："明白了。"（声音低沉）

第二场

胡萝卜须在时钟旁沉思默想："我还想要什么呢？不挨巴掌就很好了。爸爸打得比妈妈少，这我是算过的，活该他倒霉！"

第三场

（勒皮克先生很喜欢胡萝卜须，但是从没照顾过他，因为他总是在外面东奔西跑。）

勒皮克先生："走吧！出发啦！"

胡萝卜须："不，爸爸。"

勒皮克先生:“什么？不？你不想一起来吗？”

胡萝卜须:“哦！当然！但是我不能。”

勒皮克先生:“告诉我,发生什么事了？”

胡萝卜须:“没什么,但是我得留下。”

勒皮克先生:“啊！一定是你又在胡思乱想了！你是怎样的一个小家伙啊！真不知道该怎么对付你才行。你一会儿想,一会儿又不想了。我的朋友,留下来痛痛快快地哭吧!”

第四场

(勒皮克太太总是偷听,把耳朵贴在门上,以便听得更清楚。)

勒皮克太太:“可怜的孩子!(她把手放在他头上,抚摸着他的头发。)瞧你哭成什么样子了,因为你的父亲……(她偷偷地看着勒皮克先生)硬要带你出去,这可不是你的母亲狠心要折磨你啊。”(勒皮克太太和勒皮克先生都转身出去了。)

第五场

(胡萝卜须蹲在壁橱下,两个手指含在嘴里,一只手指在挖鼻孔。)

胡萝卜须:“不是每个人都可以当孤儿的。”

打　猎

勒皮克先生带他的孩子们去打猎。他们在他的后面走着,因为射击方向的原因,他们得靠他右边走。他们手里还拿着小猎袋。勒皮克先生走起路来是不会累的。胡萝卜须满怀激情地一直跟着他,没有丝毫抱怨。即使鞋子把他的脚硌出血来,他也不说一句话。他的手指搓成了麻状,脚趾也肿了,看起来好像是小棒槌似的。

如果勒皮克先生在打猎一开始就打到一只野兔的话,他会说:"我想把它先放在最近的农场里或是藏在篱笆下,晚上我们再来取,这样好吗?"

"不,爸爸。"胡萝卜须说,"我还是背着它吧。"

有时他会一整天都背着两只兔子和五只山鸡。他有时把自己的手或者毛巾垫在猎袋的皮带下,这样肩膀就没那么痛了。要是碰到人,他就会转过身去,向人家展示他们的收获,这时他会暂时忘记背上沉重的负担。

有时他会很累,尤其是当他们一无所获,没有虚荣心做支撑的时候。

"在这里等着我,"勒皮克先生有时会说,"我再去看看那边翻过的田地里有没有。"

胡萝卜须只好停下来，就那么气呼呼地站在烈日下。他看着自己的父亲脚踩在田地上，沿着一条条犁沟、一方方土块行走，就像用钉齿耙在平整的土地上。勒皮克先生手里的猎枪敲打着篱笆、灌木丛。甚至连皮拉姆都精疲力尽了，它径自寻了个阴凉处休息，一个劲儿地伸着舌头只喘粗气。

“但是那里什么也没有。”胡萝卜须心想，“那里的荨麻和草料都被踩过了，如果我是一只在沟壑里过夜的兔子，就会藏在树叶下，一动也不动，要不然肯定会被热死的。”

他悄悄地抱怨勒皮克先生，小声骂了一句。

勒皮克先生又翻过了另一个篱笆，到旁边的苜蓿地里去找，这次，他要是不找着几条兔子才怪。

“他告诉我要等他，”胡萝卜须小声说，“现在我得跟在他后面跑。一天没有个好的开头的话，也不会有一个好的结尾。这样跑来跑去，不停地出汗，狗被累得不轻，我也浑身酸痛，坐着都这么累。今晚，我们会空手而归的。”

胡萝卜须既天真又迷信。

每次他动一下鸭舌帽的帽檐，皮拉姆就会停下来，浑身的毛竖起来，尾巴也翘起来。勒皮克先生踮起脚尖尽量接近猎物。胡萝卜须一动也不动，好像稍微一点儿感情冲动，就会使他透不过气来。

他慢慢举起自己的帽子。

几只山鹑飞出来，或者一只兔子窜出来。而根据胡萝卜须是否把帽子再一次放下或者做出敬礼的姿势，可以看出勒皮克先生有没有打中。

胡萝卜须承认，这种方法不是每次都灵验。如果总是做一种姿势，那么就会没有什么效果，就像同一种标记不一定总能招来好运一样。胡萝卜须谨慎地把这些手势间隔开，这样的话，就总能成功。

“你看到我刚才打的那一枪了吗？”勒皮克先生问，手里掂着一只还是温热的兔子。为了让它断气，勒皮克先生紧紧压住它的肚子，“你笑什么？”

“你能打到它，也有我的一份功劳。”胡萝卜须说。

他为这新的成功感到骄傲，便大胆地讲出了他的方法。

“你是认真的吗？”勒皮克先生说。

胡萝卜须：“老天作证我绝对是认真的，但是我也没有说我从来没出错过。”

勒皮克先生：“你能立马闭嘴吗，傻瓜？如果你想让别人夸你是个聪明的孩子，就不要在外人面前讲这些蠢话。人家会当面耻笑你的。如果你只是偶然嘲弄下父亲，那就算了。”

胡萝卜须：“我发誓没有，爸爸。但是，你说得对，请原谅我，我只是一个傻瓜。”

苍　蝇

打猎继续进行。胡萝卜须为自己的愚蠢感到很悔恨,他耸耸肩膀,满怀新的激情继续前行。他跟在爸爸后面亦步亦趋,努力把自己的脚印印在勒皮克先生的脚印上。他迈开大步行走,好像在躲避一个吃人的妖魔一样。有时他也停下脚步,只为了采摘一串桑葚,一个野梨或几枚味道很涩的刺李。这些野果很酸涩,但是却非常解渴。何况,他的猎袋里还放着一瓶白兰地。他一口接一口地喝着,一个人几乎把整瓶酒都喝光了。因为勒皮克先生忙着打猎,忘记了喝酒。

“来喝一口酒吧,爸爸?”

风中传来一声拒绝。于是胡萝卜须把倒出来的一杯酒一口喝了下去,这下酒瓶空了。他觉得脑袋晕乎乎的,就这样继续跟着父亲往前走。突然,他停了下来,把手指伸进耳朵里,使劲摇晃着,然后拔出手指,好像在侧耳倾听一样。然后他向父亲喊道:“你知道吗,爸爸,我觉得有只苍蝇飞进了耳朵里。”

勒皮克先生:“那就把它弄出来,我的孩子。”

胡萝卜须:“它进得太深了,我的手指碰不到它。我还听到它在嗡嗡地叫。”

勒皮克先生:“那就让它自生自灭吧。”

胡萝卜须:“可是如果它在里面产卵怎么办啊? 爸爸,要是它在里面做窝呢?”

勒皮克先生:“那就使劲用手绢的一角把它弄死。”

胡萝卜须:“要是我倒进去一点白兰地把它淹死呢? 你同意吗?”

“随便你倒什么吧,”勒皮克先生喊道,“但是要快点。”

胡萝卜须把耳朵贴在酒瓶口,再一次把酒瓶倒空,免得勒皮克先生想到向他要酒。

很快,胡萝卜须轻快地跑起来,喊道:“你知道吗,爸爸,我听不到苍蝇的嗡嗡声了。它应该已经死了。只是,它喝了太多的酒。”

第一只丘鹬

“你就站在这里吧。”勒皮克先生说，“这里是最佳位置。我和猎狗到树林里去看看，我们会把丘鹬赶出来。你听到‘呱呱’的叫声时，竖起耳朵，睁开眼睛，注意，丘鹬将从你的头上飞过。”

胡萝卜须紧紧地抱着猎枪。这是他第一次打丘鹬。他已经打死过一只鹌鹑，给一只山鹑拔过毛，还差点用勒皮克先生的猎枪打死了一只兔子。

打鹌鹑的时候，他趴在地上，猎狗就蹲在旁边。一开始他并没有发现鹌鹑，只看到一个小圆球，颜色和土壤的颜色一样。

“后退一些。”勒皮克先生对他说，“你靠得太近。”

但是胡萝卜须本能地向前走了一步，把枪放在肩膀上，当面放了枪，那个灰色的圆球落到了地面上。他找不到那只被炸烂的鹌鹑，它消失了，只看到几片羽毛和一个流血的鸟喙。

不过，对于一个年轻猎手来说，可以扬名立万的成就是打死一只丘鹬。今天这个夜晚，应该是胡萝卜须生命中的一个标志吧。

谁都知道，黄昏时分人很容易看错。物体的轮廓开始变得模糊不清，猎人不得不全神贯注，这时即使一只蚊子飞过来，它的嗡嗡声也会像雷鸣般扰人。因此，胡萝卜须有点烦躁，真想一会儿好好露一手。

几只斑鸠从草场那边飞过来,很快便消失在了橡木丛中。他对着斑鸠瞄准,训练眼力。水汽使枪管变得灰暗,胡萝卜须用袖子擦掉水汽。树叶时不时飘落下来,落在四周。

终于,两只丘鹬出现了。长长的喙使它们飞得并不那么轻盈。两只相爱的丘鹬互相追逐、上升,在簌簌作响的树林上方不断地盘旋着。

正如勒皮克先生之前所说的一样,它们呱呱地叫着,但是声音很小,胡萝卜须怀疑它们是否飞到了身边。他急忙睁大眼睛,使劲朝它们看去。他看到自己头顶上有两个阴影,于是赶紧把猎枪顶在腹部,朝空中开了一枪。

其中一只丘鹬掉了下来,喙朝下。猎枪射击所产生的巨响在树林里引起一阵阵回声。

胡萝卜须捡起那只断了翅膀的丘鹬,得意地摇晃了几下。猎枪子弹的火药味还萦绕在鼻间。

皮拉姆兴奋地跑过来,后面是勒皮克先生,他不疾不缓地走着,如往常一样。

"他不觉得惊喜吗?"期待得到表扬的胡萝卜须心想。

勒皮克先生分开树枝走了过来,用平静的口气对还浑身冒着火药味儿的胡萝卜须说:"为什么你没把两只都打下来?"

鱼　钩

胡萝卜须正在给鱼刮鳞片。这里有鮈鱼，有欧鲌，甚至还有鲈鱼。他用一把刀把鱼鳞刮干净，剖开鱼肚子，然后一脚把透明的鱼鳔踩破。他把掏出的内脏放在一起，准备拿去喂猫。他趴在白色海泡石的桶上，全神贯注地努力劳动着，同时还得当心不要把衣服弄湿。

勒皮克太太过来看一眼。

“太好了！”她说，“你今天可给我们钓来了不少鱼，我们可以做油炸小鱼了。你看，只要你肯做，不是也很灵活吗？”

她抚摸着他的脖子和肩膀，可是当她收回手的时候，她发出一声痛苦的尖叫。

一只鱼钩扎进了她的手指。

埃尔奈斯蒂娜跑了过来，菲利克斯跟在后面也跑过来。很快，勒皮克先生也来了。

“把手伸出来看看。”他们说。

但是她把手指攥得更紧，放在两腿之间的裙子上，而鱼钩则越嵌越深。菲利克斯和埃尔奈斯蒂娜扶住了她，勒皮克先生抓住她的手臂，向上举着，这样每个人都能看到她的手指。鱼钩已经穿过了她的手指。

勒皮克先生试图把鱼钩拿下来。

“哦！不！别这样！”勒皮克太太尖声喊道。

事实上，手指一边露出鱼钩的尖刺，另一边则露出鱼钩的环头。

勒皮克先生戴上了他的夹鼻眼镜。

“糟糕！”他说，“得把鱼钩弄断。”

怎么弄断鱼钩呢？丈夫稍一动手，还没怎么使劲，勒皮克夫人就跳着喊叫起来。好像是有人在挖她的心，夺去她的生命一般。更何况，这鱼钩是用很硬的钢制成的。

“那么，”勒皮克先生说，“得把肉割开，才能取出鱼钩来。”

他扶了扶眼镜，把自己的小折刀拿出来，他把这把并不锋利的刀按在她的手指上，但是刀刃太钝，根本割不下去。他只好用力按着刀子，头上都冒汗了。终于，血流出来了。

“啊！啊！”勒皮克太太痛苦地喊着，周围的人都打了个寒战。

“快点，爸爸！”埃尔奈斯蒂娜说。

“你忍着点儿，别嚷嚷了！”菲利克斯对他妈妈说。

勒皮克先生也没了耐心。干脆把小刀当锯子一样撕扯起来。勒皮克夫人低声喊了几句“刽子手！刽子手！”之后，便晕了过去。

勒皮克先生可不会放过这个机会。他面色发白，也有些慌乱，便乱切一气。他在肉里寻找着那枚鱼钩，这个手指的伤口也鲜血淋漓，令人不忍直视。

鱼钩终于拿出来了，大家都松了一口气。

在这期间，胡萝卜须可没帮什么忙。在听到妈妈的第一声喊叫的时候，他就跑掉了。他坐在台阶上，两手托腮，想着这件事是怎么发生的。可能是他往远处甩鱼线的时候,鱼钩落在了她的肩膀上。

“怪不得后来鱼就不上钩了。”他说。

他听到了母亲痛苦的喊叫,一开始他并不觉得难过。过了一会儿,他想自己是不是也应该跟着喊,并且喊得和她一样响亮,一直喊到声音沙哑为止。这样她会不会觉得解气,然后就会放过他?

被吸引过来的邻居们问他:“发生什么事了,胡萝卜须?”

他一声不吭,捂着自己的耳朵,然后顶着一头红红的头发走掉了。邻居们在台阶上站着,想看看到底发生了什么。

终于,勒皮克太太出来了。她面色苍白,好像是刚出产房的产妇。她刚刚摆脱了一场巨大的危险,内心感到很自豪。她把小心包扎的手指放在前面。她克服了疼痛,对那些跑过来看热闹的人微笑,讲一些让他们放心的客套话。然后她温柔地对胡萝卜须说:“你可真让我吃苦头了,来,我的孩子。哦!我不怪你,这不是你的错。”

她从来没有用这么温柔的语气对胡萝卜须说过话。胡萝卜须感到受宠若惊,他抬起头。看到妈妈的手指上裹着一层干净的纱布,缠得厚厚的,好像穷孩子玩的布娃娃一般。他的眼睛里顿时盈满了泪水。

勒皮克太太弯下了腰。他习惯地抬起胳膊,护住自己的脑袋。可是,他的母亲却表现得宽宏大量,当众吻了他一下。

他不明白是怎么回事,泪水溢出了眼眶。

“我都跟你说了,这事儿结束了,我原谅你了!你还在哭什么，难道你觉得我很可怕吗？”

胡萝卜须哭得更厉害了。

“他这不是在犯傻吗？别人还会以为有人要掐死他呢！”她对这些已经被她的仁慈感动的邻居们说。

她把鱼钩拿给他们看，众人都好奇地检视着这枚鱼钩。其中一个人肯定地说，这是一只8号鱼钩。她慢慢地恢复了伶牙俐齿，开始滔滔不绝地向大家讲述这件事情的经过。

“啊！要不是我这么爱他，当时我就杀掉他了。这个小小的鱼钩啊！我以为自己要被这鱼钩给钩了命去呢！”

埃尔奈斯蒂娜建议把这枚鱼钩扔得远远的，应该在花园的尽头挖一个洞埋进去，然后再踩上几脚。

“哦！不！”菲利克斯说，“我要留着它。我要用它来钓鱼。天哪！一只沾着妈妈鲜血的鱼钩，那才是一只真正的好鱼钩！我要用它钓很多的鱼，钓大腿那么粗的鱼。”

说完他摇晃了下胡萝卜须，这个孩子还在发愣呢，他没想到自己居然躲过了一次惩罚。他感到非常懊悔，喉咙里发出沙哑的叹息声，泉涌般的泪水洗着那张满是雀斑、本该挨耳光的丑脸。

银　币

一

勒皮克太太："你没有丢东西吗，胡萝卜须？"

胡萝卜须："没有，妈妈。"

勒皮克太太："为什么这么快就回答没有呢？先翻翻你的口袋找找吧。"

他把所有口袋夹里翻过来，望着这些就像驴耳朵似的耷拉着的口袋。

胡萝卜须："啊！是丢了，妈妈！你还我吧。"

勒皮克太太："还给你什么？你丢了什么东西？我本来是随便问问你的，倒是让我猜对了！你到底丢了什么？"

胡萝卜须："我不知道。"

勒皮克太太："说话要小心！你想说谎吗？你现在像一条晕头转向的欧鲌鱼一样到处乱窜。慢慢说，到底丢了什么东西。是陀螺吗？"

胡萝卜须："真的，我已经想不起来了。对，妈妈，就是我的陀螺。"

勒皮克太太："不，孩子，不是你的陀螺。你的陀螺上星期已经被我没收啦。”

胡萝卜须:“那么,是我的小刀。”

勒皮克太太:“什么小刀?谁给了你一把小刀?”

胡萝卜须:“没有谁给我。”

勒皮克太太:“我可怜的孩子,这样的话,我们真的永远都讲不清了。别人会说是我把你搞疯了哩。可是现在,就我们两个,我来心平气和地问问你。一个爱母亲的孩子应该把什么话都告诉他母亲。我敢肯定,你把你的钱弄丢了。这件事虽然我什么都不知道,不过我想我一定说对了。你不必否认。你在说谎。”

胡萝卜须:“妈妈,这钱真的是我的,是我的教父星期天给我的。但是我给弄丢了,真倒霉。这可真是件令人不快的事,不过我会自己安慰自己,更何况,我也不怎么把它放在心上,有一枚银币,没有一枚银币,这都没有什么关系。”

勒皮克太太:“瞧瞧你这夸夸其谈的样子!我还正儿八经地听你说呢。这么说来,你竟然对你的教父辛辛苦苦挣来的钱满不在乎,你这么做,可是会让他大发雷霆的!”

胡萝卜须:“妈妈,你就当我已经按我的方式把这块钱花了吧。难道说我要把它放一辈子?”

勒皮克太太:“够了,讨厌鬼!你既不应该把它丢了,也不应该没得到家里允许就把它浪费掉。你现在钱已经没有了,你得想法把它补回来,找出来,去造一个,你自己去弄。去吧,别再争辩了!”

胡萝卜须:“是,妈妈。”

勒皮克太太:“我不许你再说‘是,妈妈’,装腔作势!要是我再听到你嘴里哼哼唱唱,牙齿缝里吹口哨,学那些吊儿郎当赶马车的样儿,跟我来这一套,绝对行不通。”

二

胡萝卜须在花园的小径上慢步走着。他不停地唉声叹气,他到处寻找,不时猛力用鼻子嗅嗅。当他觉得他母亲在注视他时,便站立不动,或是弯下腰,用手指在酸模草和沙土中间搜索。当他觉得勒皮克太太已经不在身边时,他就不再找下去,只是做做样子,鼻孔朝天继续向前走去。

这块银币究竟在哪里?是在高高的树上吗?是在鸟窝里吗?

有时有些人漫不经心,什么也不寻找,却找到了金钱。这事儿大家可都见过。可是胡萝卜须哪怕扑在地上,把膝盖和指甲磨破,也找不出一根别针。

胡萝卜须对这种漫步,对这种无名的希望已经感到腻味了,他干脆放弃寻找银币,决定先回到屋里去看看他母亲的情况再作打算。或许她已经平静下来,或许她觉得银币既然找不到,干脆就算了。

他没有见着勒皮克太太。他腼腆地喊着她:“妈妈,喂,妈妈!”

没人回答。她刚出去,屋里那张针线桌子的抽屉大开着。在那一堆毛线,针,白色、红色、黑色的线团中间,胡萝卜须一眼瞥见几个银币静静地躺在那里。

这些银币好像一直在那里躺着似的,仿佛睡着了,而且似乎很少被人惊醒过。从这个角落到那个角落,散散乱乱,不知有多少。

好像有三四个，也许是七八个，很难计数。只有把抽屉整个翻遍，抖抖线团才能搞清楚有多少钱币。可是，这么多钱币，怎么数得过来呢？

胡萝卜须一狠心，伸出胳膊去偷了一个银币，拔腿就跑。

他害怕被人家碰着，头也不回，但是满心懊悔。他再也不想冒险回到那张桌子面前。

他一直往外跑，急匆匆地一步不停，走遍各个小径，找到了一块合适的地方，在那里“丢”下这块钱，并且用鞋跟把它深深地踩进土里。他自己也趴下来，鼻子给青草扎得痒痒的。他信马由缰地乱爬，画出一些不规则的圆圈，就好像在一群孩子游戏当中，有人给蒙住眼睛围着什么藏起来的东西转悠，而引导这游戏的人则焦急地拍着腿，大叫：

“当心！快找着啦！快找着啦！”

三

胡萝卜须：“妈妈，妈妈，我找到啦。”

勒皮克太太：“我也找到了。”

胡萝卜须：“我确实找到了，在这儿呢。”

勒皮克太太：“我这里也有了。”

胡萝卜须：“好！给我看看。”

勒皮克太太：“你先给我看看。”

（胡萝卜须把银币拿出来。勒皮克太太把她的一块也拿了出来。胡萝卜须把两个银币转过来转过去，比较着，准备着该怎么说。)

胡萝卜须:“真奇怪,你在哪里找到的?妈妈,我是在这条小路上,那棵梨树底下找到的。我在它上面走过二十遍,都没有看见。它闪着光,我原先还以为是一张纸片,或者是一朵白色堇菜花呢。我没敢把它拿起来。这钱大概是那天我在草地上打滚疯玩的时候从口袋里滑出去的。妈妈,你弯下身,来看看它躲藏的地方吧。它可以得意洋洋地说,是它把我搞得心烦意乱的。”

勒皮克太太:“我没说不相信你。我是在你另外一件短大衣外套里找到的。跟你说过多少次啦,总是记不住,换衣服之前一定要把口袋里的东西清理一下。我想让你长个记性,做事要有条理。我让你去找,是为了教育你。可是‘努力找,总找到’这句古语可真对,因为你现在不只有一个银币,而是有两个银币。好啦,你现在可浑身都是钱啦。结果好一切都好,不过,我得告诉你,金钱并不能令人幸福。”

胡萝卜须:“那么,妈妈,我可以去玩了吗?”

勒皮克太太:“当然可以。你去玩吧,你长大后就不能像年轻时这样玩啦。把你的两块钱拿走吧。”

胡萝卜须:“啊!妈妈,我要一个就够了,就连这一个我还要请你替我收着,等到我要用的时候再给我,我好心的妈妈。”

勒皮克太太:“不,‘亲兄弟,明算账。’你自己留着吧。一个是你教父给你的,还有一个是你在梨树底下找到的,只要那个失主不来讨,两个都是你的。这钱是谁的呢?我实在想不出。你呢,你能想得出来吗?”

胡萝卜须:“我更想不出来了。先不管这些了,我明天再去想吧。一会儿见，妈妈，谢谢你。”

勒皮克太太：“等一下！这是不是管园人的？”

胡萝卜须：“你要我这就去问他吗？”

勒皮克太太：“站在这儿，小家伙，帮我想想。好好想。不可能是你父亲的，他可不会如此疏忽大意。你姐姐把她攒的钱都放在存钱罐里。你哥哥根本没钱可丢，手头哪怕有一个子儿也要马上花掉。那么，很可能还是我丢的。”

胡萝卜须：“妈妈，不会吧，你做事一向井井有条。”

勒皮克太太：“有的时候大人也跟小孩子一样会弄错的。总之，我去看看。无论如何这事儿跟我有关。我们现在不谈这件事吧。别担心啦，快去玩儿吧，我的大孩子，别跑得太远，让我去看一眼那个放针线的抽屉。”

（已经飞奔出去的胡萝卜须，这时又折返回来，他目送着他的母亲的身影渐渐走远。终于他下定决心，走到母亲面前，拦住她，一声不响地将脸颊送过去。）

（勒皮克太太抡起右手，眼看就要打下来了）

勒皮克太太：“我知道你会撒谎，但我没想到你这么有能耐。现在，你撒了两个谎。小时偷蛋，长大偷牛；小时偷针，长大偷金。再往后就要谋杀母亲了。”

（一个巴掌猛地落下。）

个人的想法

晚上，勒皮克先生、菲利克斯、埃尔奈斯蒂娜和胡萝卜须一块儿坐在壁炉旁边闲谈。壁炉里熊熊地燃烧着连根的树桩，而旁边的四把椅子都以前腿为中心保持着平衡。大家争论着，趁勒皮克太太不在场，胡萝卜须便发表起他的个人意见来了。

“据我看，”他说，“‘家庭’这个字眼是没有多大意思的。爸爸，你知道我是多么爱你！然而，我爱你，并不是因为你是我的父亲；我爱你，是因为你是我的朋友。事实上，做我的父亲并不是什么功劳，但是我把你对我的友谊看做一种厚爱，这种厚爱你不一定非给我不可，而你竟慷慨地给了我。”

“啊！”勒皮克先生回答。

“我呢，那我呢？”菲利克斯和埃尔奈斯蒂娜抢着问。

“那也一样。”胡萝卜须说，“命运使你们做了我的哥哥姐姐，我为什么要感激你们呢？如果我们三个都不生在勒皮克家，那又是谁的错？这件事谁也无法阻挡。让我为这种并非自愿的亲属关系而感谢你们是没有用的。我所要感激你们的只是因为哥哥保护了我，而姐姐照顾了我。”

“这是我应当做的。”菲利克斯说。

“他打哪儿冒出的这些古怪念头？”埃尔奈斯蒂娜说。

“我所说的话，”胡萝卜须说，“我是基本肯定的，但并不具体地说谁，就是妈妈在这儿，当她面我还是这么说。”

“你不会重说一遍的。”菲利克斯说。

“你觉得我的话有什么不对吗？”胡萝卜须说道，“请你不要歪曲我的思想吧！我不是个绝情的人，我心里爱你们，这种爱比表面上流露出的还要强烈。不过，这种爱心，不是平庸的、本能的、俗套的，而是主动的、理智的、合乎逻辑的。对，合乎逻辑的，这正是我想说的。”

“你什么时候才能改掉这种癖好呢？老是爱用那些连你自己都不懂的词儿。”勒皮克先生一边说，一边站起身来准备去睡觉，“这么小的年纪，就到处说这些词儿。要是你祖父还在，听到我说这种话，他肯定马上踹我一脚，要不就是一巴掌，警告我只不过是他的孩子而已。”

“可是我们总得聊点什么来消磨时间吧。”胡萝卜须说，他已经有点担心了。

“你最好闭嘴。”勒皮克先生说，手上拿着一根蜡烛。

于是他走开了。菲利克斯跟在他后面也走了。

“再见，老朋友！”他对胡萝卜须说。

接着埃尔奈斯蒂娜站起身，神色庄重地说：

“晚安，亲爱的朋友！”她说。

胡萝卜须独自一人留在那里，慌乱不堪。

昨天，勒皮克先生建议他学着去思考。

“人家，指的是谁？”他对胡萝卜须说，“人家是不存在的。大家，这里指的并不是一个人。你重复了太多你听到的话。试着去自己想一些事，表达自己的意见，哪怕开始时只有一个想法也行。”

结果胡萝卜须第一次大胆提出个人想法就碰了钉子。胡萝卜须拨了拨火，把椅子摆放在墙边，然后看了看钟，便回到了房间里。那个房间里有一把梯子可以通向地窖，所以大家都叫它“地窖房”。夏天的时候，这个房间非常凉爽舒适。猎物在这个房间里可以轻松贮存一个星期。刚打来的野兔在盘子里放着，鼻孔里流着血。还有很多篮子，里面装着喂鸡用的谷物。胡萝卜须喜欢把赤裸的手臂放进去，让谷物一直淹没到手肘，用手在里面搅动，乐此不疲。

一般全家人的衣服都挂在这个房间的衣帽间里，这让他印象很深刻。好像是一些自杀者来到这里，小心地把高筒靴依次摆放在高高的搁板上，然后就自缢而死。

但是，今天晚上，胡萝卜须并不感到害怕。他也不再去看床底下有没有什么。月亮和阴影都不再使他感到害怕。连花园里那口像是特意给从窗口跳下去的人挖的井，也不再使他胆战心惊。

如果他想到害怕，他会害怕的，但是他完全忘记了这回事。他穿着衬衫大步走着，忘记了踮起脚尖以减少红砖地面传来的冰冷感。

他躺在床上，眼睛看着那用湿润的石膏做的瓶子，继续思考个人意见，之所以叫做个人意见，是因为那些想法只应该属于他自己。

风暴中的树叶

有很长一段时间,爱幻想的胡萝卜须喜欢观察大杨树上那片长在最高处的树叶。

他想象着它在摇动。

那枚叶子似乎是和树分开的,独自生长着,毫无羁绊,自由自在。

每天,它被第一缕阳光和最后一缕阳光镀成金色。

从中午开始,它便一动不动,陷入沉寂,这时它更像天空中的一个斑点而不像一片树叶。胡萝卜须则按捺不住了,甚至还有点生气。这时,树叶终于发出了一个信号。

它下面的一片叶子,离它很近,也发出了同样的信号。其他的树叶都重复了这个信号,并传递给附近的树叶,这个信号很快便传播开来。

这是一个报警信号,因为,天际处,棕色的苍穹中出现了一片状如衣服褶边的云絮。

杨树开始颤动了！它想活动一下,把周围凝重的空气赶走。

它的不安感染了山毛榉、橡树、以及栗树,不久,园子里所有的树都做出了各种反应,互相报警。而天空中的那顶圆帽子越来越大,不断地将自己的边缘向外扩展,节奏清晰而深沉。

一开始,树摇晃着瘦弱的枝条,上面的鸟儿停止了歌唱。像未炒熟的豌豆在锅中突然蹦跳一样,偶尔啼叫一声的黑鸫,胡萝卜须刚才看到的那只从色彩斑斓的脖子里时断时续发出咕咕声的斑鸠,以及那摇着尾巴叫得让人无法忍受的喜鹊,它们现在都默不作声了。

然后大树开始挥动它们那粗大的触须,想要吓跑敌人。

那朵灰色的大帽子继续缓缓地向这边侵袭。

它渐渐笼罩住整个天空,驱走蔚蓝色的云彩,堵住气流进入的空隙。这样沉闷,简直要使胡萝卜须窒息了。有时,它似乎难以支撑自己的重量,眼看就要掉落到村子里,但它在钟楼的顶端那里及时停住,好像害怕塔尖将它戳破似的。

它就那么自在地展现在人们眼前,没有任何挑衅,恐慌就已经开始蔓延,喧嚣声此起彼伏。

树木们的恐慌和愤怒纠缠在一起,胡萝卜须感觉在那一团混乱之中,有些鸟窝藏匿其间,里面的鸟儿眼睛圆圆的,喙白白的,很好看。树顶一会儿俯下去,一会儿又站起来,好像一个人突然醒来一样。树叶成群结队地飞来飞去,胆怯而慌张,努力地拼命抓住彼此。细小的刺槐叶子在叹息,脱皮的桦树叶子在抱怨,栗树叶子发出嘘嘘的叫声,攀援的马兜铃叶子也啪啪作响,在墙壁上翻滚起阵阵波浪。

低一点儿的地方,矮壮的苹果树正摇晃着它的苹果,苹果落到地上,发出沉闷的响声。

更低一点儿的地方,醋栗流出了红色的汁液,黑茶子则流出了墨色的汁水。

地面上，卷心菜如喝醉酒一般摇晃着它们的驴耳朵，洋葱们互相挤着，碰断了装满种子的球体。

怎么了？发生什么事情了？这一切意味着什么呢？老天没有打雷，没有下冰雹。既没有闪电，也不见一滴雨。但是天上却被暴风雨般的黑色覆盖，这种如黑夜一般的白昼让大自然的一切都感到恐慌，也使胡萝卜须感到害怕。

现在，那顶帽子已经完全张开了，太阳也戴上了面具。

它在移动，胡萝卜须知道，它在滑行着，云在移动，它将会逃走，他将会重新看到太阳。然而，尽管它已布满了整个天空，却还是牢牢控制着胡萝卜须的脑袋和额头。他闭上眼睛，它痛苦地蒙住了他的眼帘。

胡萝卜须用手捂住了耳朵，但是暴风雨还是侵入他的身体，深入他的骨髓，而在外面，暴风雨刮起的旋风呼喊号叫，撕心裂肺。

暴风雨卷走他的心，就像是卷走街上的一片纸一样。

暴风雨把他的心弄皱、搓扁、揉圆、捏小。

胡萝卜须的心很快就像个小球一样。

反　抗

一

勒皮克夫人:“亲爱的胡萝卜须,请你去磨坊帮我拿一升黄油好吗?跑得快点,我们等你吃饭。”

胡萝卜须:“不,妈妈。”

勒皮克夫人:“为什么你回答‘不,妈妈’。要回答‘是,妈妈’。”

胡萝卜须:“不,妈妈,我不会再去磨坊。”

勒皮克夫人:“什么,你不去磨坊?你说什么?你想干什么?在做什么美梦?”

胡萝卜须:“不,妈妈。”

勒皮克夫人:“哎呀,胡萝卜须,我可真不明白了。我命令你,现在马上去磨坊拿一升黄油!”

胡萝卜须:“我听到了,我不去。”

勒皮克夫人:“这么说是我在做梦了?发生了什么?这是你出生以来第一次拒绝听从我。”

胡萝卜须:“是的,妈妈。”

勒皮克夫人:“你拒绝遵从你的母亲。”

胡萝卜须："是的，妈妈。"

勒皮克夫人："比如说，我想看到你滚开，你滚不滚？"

胡萝卜须："不，妈妈。"

勒皮克夫人："你想立马闭嘴滚开吗？"

胡萝卜须："我闭嘴，但是不会滚开。"

勒皮克夫人："你想和这个盆子一起滚开吗？"

二

胡萝卜须不再吭声，但是他一动不动。

"简直是反了！"勒皮克夫人在楼梯上喊着，配合着呼喊，她的两只胳膊也举了起来。

事实上，这是胡萝卜须第一次对她说"不"。要真是她打扰了他也就罢了。若是他正在玩耍，那可以说打扰他了。但是，他现在正坐在地上，无所事事，鼻子朝天，闭目养神。他凝视着她，头昂得高高的。她可不懂了，于是大声叫来其他人，好像喊救命一样大声呼喊：

"埃尔奈斯蒂娜，菲利克斯，出了新鲜事儿啦！把你们的父亲还有阿加特一起叫来看看，谁来都不多余。"

同时，街上几个零星的行人也停了下来。

胡萝卜须站在院子的正中间，铁定面临着危险。更令人吃惊的是勒皮克夫人忘记了打他，情况如此严重，她一时手足无措，不再使用习惯的恐吓动作，和那锐利的好像两团燃烧的火焰一般的眼神。然而，尽管她尽力克制，她内心的狂怒却再也按捺不住，终于从她的双唇间呼啸而出。

“朋友们!”她说,“我很礼貌地请求胡萝卜须帮我个小忙,到磨坊去一趟,就当散步一样。猜猜他怎么回答我的,问他吧,否则该说我瞎编乱造了。”

每个人都猜着了,只消看看胡萝卜须那态度,就无须他再说什么了。

温柔的埃尔奈斯蒂娜走过来,在他耳边轻声说:

“小心,你会遭难的。遵从她吧,听姐姐的话,姐姐爱你。”

菲利克斯一副看好戏的样子。他站在那儿一动不动。他根本没想过,如果胡萝卜须以后撒手不干,一部分家务就会理所当然地落在他这当哥哥的身上。他不仅不劝他,甚至还鼓动他。昨天,他还蔑视胡萝卜须,说他是胆小鬼。如今他还以为胡萝卜须依然如此,便不以为意,一味蹦跳取乐。

“这是什么世道!”惊呆了的勒皮克夫人说,“我不掺和了,我不管了。让另一个人来说话吧,让他来降住这个不驯的小东西。让他们父子俩来说说吧,看他们怎么办。”

“爸爸,”胡萝卜须说,他还不习惯这样的方式,声音有些哽咽,“如果你要求我去磨坊拿黄油,我会为你而去的,只是为你。我拒绝为了妈妈去。”

在大家看来,好像勒皮克先生对于这样的偏爱烦恼多于高兴。这让他行使权威有点困扰,因为大伙儿都等着他为了这一斤黄油教训胡萝卜须。

他感到一丝不舒服,在草地里踱了几步,耸了下肩,转身回房间去了。

这次风波到此暂时告停。

意味深长的结束语

晚上，勒皮克夫人身体不舒服，便去卧床休息，没有出现在餐桌上。餐桌上每个人都不说话，并不单单是因为习惯，还因为烦恼。勒皮克先生把餐巾打了个结，扔在餐桌上，说：“有人想跟我一起沿着那条老路去山坡上散步吗？”

胡萝卜须明白勒皮克先生是用这种方式来邀请他。他站了起来，像往常一样，把椅子移到墙那边，顺从地跟着父亲。

一开始他们只是默默地走着，并没有马上提及那个不可回避的问题。胡萝卜须在心里练习着该怎么回答。他准备好了，即使内心的触动很强烈，他也丝毫不后悔。白天他已经经历了那样的情绪，如今更不害怕了。勒皮克先生那沉稳笃定的嗓音也让他安心不少。

勒皮克先生：“你解释一下你对你母亲的行为吧。”

胡萝卜须：“亲爱的爸爸，我犹豫了很久，但是必须有个了断。我承认，我不再爱妈妈了。”

勒皮克先生：“啊？因为什么？从什么时候开始的？”

胡萝卜须：“因为一切。从我认识她之后。”

勒皮克先生：“啊！真不幸，我的孩子！至少，告诉我她对你做了什么。”

胡萝卜须:“那就说来话长了。另外,你一点儿也没看见吗?”

勒皮克先生:“看到过。我注意到你经常赌气。”

胡萝卜须:“一听到别人说我赌气,我就更加恼火。很自然,胡萝卜须不可能内心怀有仇恨。他赌气,那就随他去,赌完了气,他就会从他的小角落里出来,重新变得平静和快乐。更不需要很关心他,没什么大不了的。

对不起,爸爸。对于父亲母亲及外人来说这不算什么。有时我赌气——这我承认,形式上如此——但是有时,说真的,我内心深处感到很愤怒,我不会忘记她对我的那些折磨。”

勒皮克先生:“但是,嗯,你会忘记这些捉弄人的事。”

胡萝卜须:“不会,不会。你什么都不知道。你在家里待的时间太少。”

勒皮克先生:“我不得不出差。”

胡萝卜须自负地说:“生意总是要认真做的,爸爸。你忙于工作,而妈妈,很恰当地说,除我之外她就找不到其他人来教训了。我不责怪你,我很肯定你会保护我的。慢慢地,既然你要求,我会把过去的事告诉你的。你看看我是否夸大。但是,爸爸,请你帮我出出主意。我想和妈妈分开。在你看来,怎样是最简单的方式呢?”

勒皮克先生:“你一年只是假期里见她两个月。”

胡萝卜须:“你应该让我在寄宿学校过假期。我会进步的。”

勒皮克先生:“这是穷孩子的福利。你在学校过假期的话,人家会认为我抛弃你了。另外,别只想着自己。对我来说,你不在我身边,我就没有你作伴了。”

胡萝卜须:“你可以来看我,爸爸。”

勒皮克先生:“胡萝卜须,去一次路费很贵的。”

胡萝卜须:“你可以利用出差的时候去,顺便绕道看我一下。”

勒皮克先生:“不行。到目前为止,我对待你们兄妹都一视同仁,不偏爱任何人。以后我还是这样。”

胡萝卜须:“那么,就让我辍学吧。从寄宿学校退学,借口说我偷了你的钱,我会找个工作的。”

勒皮克先生:“什么工作?到鞋匠铺里当学徒吗?”

胡萝卜须:“做这个或做其他工作都行,我会赚钱养活自己,这样我也能获得自由。”

勒皮克先生:“太晚了,可怜的胡萝卜须。我为了让你受教育下了那么大的本钱,难道就是让你去钉鞋底子吗?”

胡萝卜须:“爸爸,我告诉你,我曾经试着自杀过。”

勒皮克先生:“你太夸张了!胡萝卜须。”

胡萝卜须:“我发誓昨夜我还想上吊。”

勒皮克先生:“你现在不是好好在这里吗?一点儿都不想自杀了。但是为了纪念你的自杀未遂,你可以骄傲地昂起头。你以为只有你想死。胡萝卜须,自私会害死你的。你自私自利。你认为世界上只有你一个。”

胡萝卜须:“爸爸,哥哥很开心,姐姐也很开心。如果妈妈真像你说的那样,她并没有从捉弄我中得到开心的话,我把舌头割下来喂猫。最后,对于你来说,你占主导,家里人都怕你,妈妈也是。她丝毫不敢惹你不开心。谁能证明人类中有幸福的人。”

勒皮克先生:“你这个小人儿,脑子有毛病,尽胡说八道。你能看清人心?你已经理解了所有的事吗?”

胡萝卜须:“我自己的事情,是的,爸爸,我理解了,至少我尽力理解了。”

勒皮克先生:“那么,胡萝卜须,我的朋友,你这是要放弃幸福。我提醒你,你永远不会比现在更幸福,永远、永远不会。”

胡萝卜须:“可能如此。”

勒皮克先生:“忍耐一点儿,坚强一点儿,直到你长大成人,独立自主了,你就可以自由了,你就可以不认我们,换个家庭,否则你就得改变性格和脾气。试着占上风,不要太敏感,观察下别人,那些生活在你身边的人,你会自得其乐的,我保证你会感到吃惊的。

胡萝卜须:“当然,别人有别人的烦恼。但是我明天再为他们抱怨,今天我为自己的利益抗议。什么能比自己的命运更优先呢?我有一个母亲。这个母亲不爱我,我也不爱她。”

“那我呢,那么你认为我爱你?”勒皮克先生突然不耐烦地说。

听到这句话,胡萝卜须抬眼望向爸爸。他久久地凝视着爸爸那坚毅的脸庞,厚厚的胡须下,嘴巴向里抿着,好像因为讲了太多话感到有点害羞。额头上爬着皱纹,眼角的鱼尾纹让他走路时看起来好像在睡觉。

一时间胡萝卜须不敢出声。他怕那隐秘的欢乐和他紧紧拉着的这双手都会飞走。

然后他攥紧拳头,威胁这个在黑暗中朦胧入睡的村庄,他愤愤地朝它喊着:“可恶的女人!你真是坏透了!我恨你!”

“闭嘴!”勒皮克先生说,“不管怎样,她是你的母亲。”

“哦!”胡萝卜须回答,他重新变得简单谨慎,“我不说这个,因为她是我的母亲。”

胡萝卜须的相册

一

如果一个外人翻看勒皮克家的照相簿，他肯定会感到惊奇。他只可以看到穿得整整齐齐的埃尔奈斯蒂娜和菲利克斯，他们在华丽的背景前要么喜笑颜开要么眉头紧蹙。

“胡萝卜须呢？怎么没有他的照片？”

“我有他小时候的照片，”勒皮克夫人回答，“但是他实在太可爱了，人们从我这里把照片夺去了，我一张也没留下。”

真相是胡萝卜须从没照过相。

二

他叫胡萝卜须，他受洗礼时用的真名字是什么，家人要犹豫一下才能想得起来。

“为什么叫他胡萝卜须？因为他有一头黄头发吗？”

“他的心灵还很幼稚。”勒皮克夫人说。

三

其他特别的迹象：

胡萝卜须的长相一点儿也不能让人产生好感。

胡萝卜须的鼻子形状是鼹鼠丘似的凹鼻。

胡萝卜须的耳朵里总是有面包屑。

胡萝卜须把雪放在嘴巴里吮吸融化。

胡萝卜须走路时两个脚踝相互碰撞,走起路来显得很艰难,让人以为他是驼背。

胡萝卜须的脖颈上有一些蓝色的污垢,好像戴着一条项链。

最后,胡萝卜须身上有一种奇怪的味道,让人闻不到麝香味。

四

他第一个起床,和女仆起得一样早。冬天的早上,天没亮他就起床了,他用手指头摸钟表的长短针去判断时间。

咖啡和巧克力准备好了,他匆忙地随便夹起一块巧克力就吃。

五

当把他介绍给某人时,他转过头,把手背在后面,显出不耐烦的样子,腿弯曲着,摩挲着墙。

然后人们问他:“你想拥抱我一下吗,胡萝卜须?”

他回答:“哦,不必了!”

六

勒皮克夫人:“胡萝卜须,别人跟你讲话的时候,你要回答。”

胡萝卜须:“唔,妈妈。”

勒皮克夫人:“我好像跟你讲过,小孩子不能在嘴里塞满食物的时候讲话。”

七

他总是不由自主地把手放进口袋里,在接近勒皮克夫人时,他又会很快抽出来。可这次,他抽得太晚了。于是她把他的手和口袋缝在了一起,整整一天时间,他都无法把手从口袋里拔出来。

八

“不管别人对你做了什么,”帕兰友好地对他说,“你都不应该撒谎。这是个可耻的缺点,撒谎是没有用的,因为没有不透风的墙,纸是包不住火的。”

“你说得没错,”胡萝卜须回答,“但是谎言使我们赢得了时间。”

九

懒惰的菲利克斯刚刚艰难地结束了他的学业。

他伸展四肢,舒舒服服地叹了口气。

“你有什么兴趣?”勒皮克先生问他,“你到了决定如何谋生的年龄。你想做什么?”

“什么? 还有事要做?!”菲利克斯说。

十

大家在玩无辜者游戏。

贝尔特小姐在受盘问。

“她的眼睛，蓝如海洋。”胡萝卜须说。

人们又叫了起来：“很漂亮！真是首情诗啊！”

“哦！”胡萝卜须回答，“我没看她。说这句话没什么特别的，这不过是一句套话，一种修辞法罢了。”

十一

打雪仗时，胡萝卜须自己一个人是一个阵营。他的可怕是众所周知的，因为他在雪球里藏石头。

他瞄准对手的头部，因为这样能更快打败对手。

当他冻僵了，其他人也滑倒了，他会另外在冰场旁边的草地上组织一场滑行晚会。

跳马游戏中，他喜欢在最下面，让所有人都从自己的身上跳过。

捉人游戏中，当人们想捉住他时，他便让人捉住，一点儿都不考虑自己的自由。

捉迷藏游戏中，他藏得很好，人们几乎忘记了他的存在。

十二

孩子们在测身高。

一眼看上去，菲利克斯胜出，他超出其他人一头。但是胡萝卜须和埃尔奈斯蒂娜得肩并肩站在一起才行，毕竟埃尔奈斯蒂娜是女孩子，个子不像男孩子一样突兀。在埃尔奈斯蒂娜踮起脚尖时，胡萝卜须不想让任何人不高兴，故意稍微蜷缩着身子，好让他俩的差距略微再大一些。

十三

胡萝卜须给女仆阿加特提建议：

“要是您想和勒皮克夫人和睦相处的话，就对她讲我的坏话吧。”

但是得有个度。

因为勒皮克夫人不能容忍别人碰胡萝卜须一下，除了她自己。

一位女邻居威胁了胡萝卜须，勒皮克夫人立马跑过来，很生气，把满脸浮现出一片感激之情的儿子解救出来。

“现在，该我们俩算账了！”她说。

十四

“爱抚！这是什么意思？”胡萝卜须问小皮埃尔，这是个被妈妈娇生惯养的孩子。

无所不知的小皮埃尔说：“我想说的就是，用手指头直接从盘里不停地拿炸土豆条吃，还有，吮吸着吃带核的半个桃子。”

胡萝卜须考虑着：“如果勒皮克夫人温柔地爱抚我，她应该先从鼻子开始。”

十五

有时，埃尔奈斯蒂娜和菲利克斯会主动把他们的玩具借给胡萝卜须玩，因此胡萝卜须可以把从每个人那里得到的一点快乐小心翼翼地组装成自己的快乐。

他从不显得自娱自乐，害怕别人又来问他。

十六

胡萝卜须："喂，你不觉得我的耳朵很长吗？"

马蒂尔德："我觉得你的耳朵很奇怪。可以把你的耳朵借给我玩一会儿吗？我想把里面塞进沙子来做馅饼。"

胡萝卜须："如果妈妈先把耳朵揪红，馅饼在里面就烧熟了。"

十七

"你想干嘛？我又听到了！你爱你爸爸胜过爱我是吧？"勒皮克夫人说。

"我待在原地，什么也没说，我发誓绝没有爱谁比较多。"胡萝卜须用他那低沉的声音回答。

十八

勒皮克夫人："你在做什么呢？胡萝卜须？"

胡萝卜须："我不知道，妈妈。"

勒皮克夫人："就是说你又做蠢事了。难道你总是凑巧在做这些事？"

胡萝卜须："又来了。"

十九

胡萝卜须以为妈妈在对他微笑，内心雀跃，也微笑起来。

但是勒皮克夫人只是自顾自地微笑，茫然无方地。然后她突然板起脸来，两颗黑莓般的眼睛里露出凶恶的目光。

胡萝卜须一时很困窘，真想找个地缝钻进去。

二十

“胡萝卜须，你笑的时候能礼貌一点吗？别发出声音。”勒皮克夫人说。

“哭的时候，要知道因为什么而哭。”她说。

她还说：“您想让我怎么办呢？他被人扇了耳光也不掉一滴眼泪。”

二十一

她还说：“如果空气中有一点污垢，路面上有一坨屎，那就是专门为你预备的。”

“他脑袋瓜里有个什么好主意时，总是有头无尾。”

“他很傲慢，为了使自己引人注目，他可以自杀。”

二十二

事实上，胡萝卜须曾试着在盛满清水的水桶里自杀。他英勇地把鼻子和嘴巴浸在了水里。然而一个教士打翻了水桶，把水浇在了靴子上，也挽回了胡萝卜须的生命。

二十三

有时勒皮克夫人这么说胡萝卜须：“他跟我一样，不狡猾，愚蠢,但不恶毒,脑袋瓜太死,想不出什么花招来。”

有时她也很高兴地承认,如果小猪不把他吃掉,他以后会是个有前途的小伙子。

二十四

“如果,”胡萝卜须梦想,“如果妈妈可以像送菲利克斯礼物一样,送给我一个木马做新年礼物,我就立马跳上去,然后头也不回地飞奔而去。”

二十五

在外面,胡萝卜须用吹哨子来证明他不在乎一切,但是看到勒皮克夫人的目光盯着他,哨声便中断了。这种感觉很痛苦,好像她把那只便宜的小哨子放在齿间咬断了一般。

不过,应该承认,当胡萝卜须打嗝时,只要一见到母亲就不打了。

二十六

他是父亲和母亲之间联系的纽带。勒皮克先生说:“胡萝卜须,这件衬衫上少了一颗扣子。”

胡萝卜须把衬衫转交给勒皮克夫人,她说:“我需要你的命令吗,胡萝卜须?”话虽这么说,她还是拿出针线包,把扣子缝好。

二十七

“如果你父亲不在这儿了,”勒皮克夫人喊道,“你肯定很早就对我下手了吧,你会把这把刀扎进我的心口,然后把我扔到草垛上去。"

二十八

"把你的鼻子擤擤。"勒皮克太太无时无刻不这样说。

胡萝卜须不住地用衣服的褶边擤鼻涕。要是弄皱了,他就把它抹平。

确实,当他感冒时,勒皮克太太将流下的鼻涕涂在他身上,把他的衣服弄脏。这竟令埃尔奈斯蒂娜和菲利克斯嫉妒起来。可是她特意补上一句:"与其说这是毛病,还不如说是好处呢,起码会让脑子清醒清醒。"

二十九

勒皮克先生从今天早上起便不停地逗弄胡萝卜须,胡萝卜须稀里糊涂、不经大脑考虑地冒出一句荒谬至极的粗话:"让我安静点,傻瓜!"

话刚一出口,他立刻感觉到周围的空气仿佛凝结了,同时眼睛里有两股热流奔涌而出。

他嘟囔着,不知怎么办,只要勒皮克先生一个手势,他简直要钻到地缝里去。

勒皮克先生只是凝望了他好久,并没有做什么手势。

三十

埃尔奈斯蒂娜很快就要结婚了,勒皮克太太允许她和未婚夫出去散步,但是要在胡萝卜须的监视下进行。

“你在我们前面走吧,”她说,“跳跳蹦蹦地玩儿吧!”

胡萝卜须在他俩前面走。他拼命地跳啊蹦啊,倘或忘记了自己应该蹦蹦跳跳走在前面,偶尔放慢脚步,便听见一阵偷偷接吻的声音。

他咳嗽了一声。

这事儿真让他感到恼火,于是在走到村里的十字架前面时,他突然把帽子往地上一扔,用脚狠狠踩几下,叫道:

“难道说永远没有一个人会爱我吗!”

刚好,就在这时候,勒皮克太太从墙后面走出来,嘴角噙着一丝可怕的微笑。

于是,胡萝卜须慌慌张张,赶紧添上一句:“除了妈妈。”